同心 亀無剣之介
殺される町

風野真知雄

コスミック・時代文庫

この作品はコスミック文庫のために書下ろされました。

目次

第一話　見破った人

一

「ねえ、志保《しほ》さま。ここに入りたい」

同心亀無剣之介《かめなしけんのすけ》の愛娘《まなむすめ》のおみちが指差したのは、木挽町《こびきちょう》五丁目の通りに並ぶ見世物《みせもの》小屋のひとつである。その前には大勢の客が並んでいて、ちょうどいま、入れ替えのときらしく、ぞろぞろと入りはじめたところだった。

「え、ここに?」

おみちを連れてきた志保は、軽く眉《まゆ》をひそめた。

看板には、〈化け猫昇天《しょうてん》〉とある。

猫が幽霊になって、おなじみである「うらめしや」の恰好をした絵も描いてある。それは、不気味でもあるが、滑稽味《こっけいみ》もあった。

演者は、竹林斎天宝《ちくりんさいてんぽう》。このところよく聞く名前で、〈化け物師〉を名乗り、すごいと評判になっている。

「だってこれ、猫のお化けだよ、おみっちゃん」

「そうだよ」

「大丈夫？　きっと怖いよ」

志保が心配そうに訊《き》いた。

「大丈夫だって。瓦版《かわらばん》も読んでもらってるし」

たしかに瓦版に載っていた。おみちはそれを、亀無家の中間《ちゅうげん》である茂三《しげぞう》に読んでもらい、なんとしても見たくなっていたらしい。

「さあさあ、もうあと数人は入れるよ。どうだい、そこのお嬢ちゃん」

小屋の前にいた小柄な男が、だみ声でおみちたちに声をかけてきた。

「ほら。いまなら入れるって」

「でも、あっちの小屋もおもしろそうだよ」

数軒先の小屋では、水芸と軽業《かるわざ》を見せる〈春野そよかぜ一座〉が興行中である。

この一座は、志保の以前からのご贔屓《ひいき》なのだ。

志保は、幼いころから軽業や手妻《てづま》が好きで、ずいぶん真似もしたし、軽業師に憧れたこともあった。今日も、じつはこっちを見せてあげようと思って、おみちを連れてきていたのである。

「あれよりこっちがいい」

「怖い夢見るかもよ」

「平気。ニコニコ神さんがあるもの」

それは父の剣之介がでっちあげた神さまで、怖い夢を見なくなるというおまじないなのだが、おみちにはよく効いたみたいで、このところ夜泣きもあまりしなくなっていた。

「そうかなあ」

志保は不安である。おみちは、ちょっと神経がこまやかすぎるところがある。

「それに、これは手妻でしょ。本物じゃないでしょ。本物だったら、こんな小屋に来て、皆に見られたりするわけないよね」

おみちは大人ぶった口調で言った。

「それはそうなんだけど……」

と、志保は迷ったが、

「そうだね、どうせ仕掛けはすぐに見破れるだろうしね」

おみちの望みをかなえてやることにした。

木戸銭を払い、路地を奥に進んだ。表通りにあるのは看板だけで、小屋そのものは路地をずうっと入ったところにあった。

志保とおみちが小屋に入ったところで、ちょうど満員となり、後ろで、めくってあった筵《むしろ》がおろされた。

なかは、二十坪もないのではないか。だが、百人近い客でぎっしりになっていて、皆、敷いてある茣蓙《ござ》に腰をおろしている。志保とおみちも窮屈《きゅうくつ》だが、いちばん後ろで茣蓙に座った。おみちは座ると前が見えなくなってしまうので、志保が抱きかかえ、膝《ひざ》にのせるようにした。

「見える?」

「うん。見える」

まもなく、さっき入口で木戸銭を取っていただみ声の男が、少しだけ高くなった舞台の上に現われ、

「さあ、いまから驚天動地《きょうてんどうち》の化け物が登場するよ」

と、口上をはじめた。どうやら、あの男が竹林斎天宝だったらしい。

「でも、その前に、ちょっとしたびっくりを味わってもらおうかな」

そう言いながら、空中からなにかつまむようなしぐさをすると、桜の花びらみたいなものが指先から飛んだ。紙を花びらのかたちに切ったものらしいが、それが次から次へと現われて、客の頭上をはらはらと舞うのである。

「きれい」

と、おみちがつぶやいた。

こういう小手先の手妻には、志保は驚かない。似たような手妻は、自分でも稽古《けいこ》したことがある。

だが、出てくる花びらの量が半端ではない。ついに、

「ええい、面倒だ」

と、両手を広げると、凄《すさ》まじいほどの花吹雪《はなふぶき》が小屋のなかに溢《あふ》れた。

「すごぉーい」

おみちは声をあげて喜び、志保もこれには感心した。

やはり同じような小手先の手妻が、あとふたつほど続き、これだけでも充分に客は喜んだが、

「さて、いよいよお待ちかねの化け猫さんに出てもらうかな」

と言って、天宝は舞台の裏にまわり、すぐに一匹の猫を抱いて現われた。

「にゃあ」

猫は天宝の腕のなかで啼《な》いた。仔猫《こねこ》ではないが、さほど大きくもない、虎柄《とらがら》の猫である。

「この猫、可愛いふつうの猫に見えるよな。ところが、これがとんでもねえ化け猫なんだ」

「にゃあああ」

また啼いた。なんだか、さっきより機嫌が悪くなっているみたいである。

「猫、どうしたの？」

おみちが首をひねって志保を見た。不安そうになっている。

「大丈夫よ」

志保は、おみちを抱いた手に力を入れた。

「ぎゃあああ」

もはや、ふつうの啼き声ではない。客は固唾《かたず》を飲んで、なりゆきを見守った。

そこから先は、想像もつかないことになった。

化け猫は、本当に昇天したのである。

「えっ……」

客は皆、度肝《どぎも》を抜かれ、しばらく声も出ない。

こういうものは見慣れているはずの志保でさえも、唖然《あぜん》となった。たいがいはすぐに見当がつく仕掛けも、いまはまったくわからない。

「怖いよぉ」

おみちは志保にすがりついた。すでに泣き声である。

今夜は間違いなく、夜泣きをするはずだった。

二

今日最後の公演を終え、竹林斎天宝が小屋の裏に出てくると、道の向こうに瓦版屋の周吉《しゆうきち》がいた。吸っていた煙管《キセル》を口から離し、ぽんと叩いて、煙草《たばこ》の燃えカスを地面に落とすと、

「お疲れさん」

ふてぶてしい笑みを見せた。

「…………」

いるのはわかっていたが、それでも天宝はうんざりした気持ちになる。

「用意してあるんだろう？」

「ああ。だが、ここにはない。長屋《ながや》にある」

「なんだよ。じゃあ、行こうじゃないか」

「ちっと休ませてくれよ。あたしだって疲れるんだから」

天宝はそう言って、置いてあった縁台に座り、柱にさげておいた竹筒《たけづつ》を取って、なかの砂糖入りの茶を飲んだ。

「なんだよ。しょうがねえな」

周吉はそう言ってこっちに来ると、天宝の隣に腰をかけた。やけになれなれしい態度である。

周吉は、今日の昼ごろにも一度、ここへ顔を出していた。

そのとき、天宝は今日二度目の舞台を終えたところだった。

「たいした入りじゃねえか、天宝さんよ。これはひと月どころか、この先、ふた月三月といけるんじゃねえのかい」

と、周吉が声をかけてきた。

いい体格をしている。瓦版屋などというのは、人に嫌がられる記事を書いたりして、喧嘩沙汰《けんかざた》になることも少なくないらしいが、この男に面と向かって文句を言うのは勇気がいるだろう。それくらい図体が大きく、顔まで恐ろしげである。

「そこまでは無理だよ」

と、天宝は苦笑いして、首を横に振った。こちらは、背も小さく痩《や》せていて、軽業だの手妻だのにはいいのかもしれないが、指などは女のように細くて長く、荒事《あらごと》にはまったく向いていそうにない。

「まあ、おれも今回は、第二弾の記事を書くつもりだ。今晩のうちに絵まで仕上げて、明日の朝に彫りにまわせば、明後日の夕方には撒《ま》けるだろう。そうすりゃ、また、客は増えるぜ」

「第二弾も出すのかい」

天宝は困ったような顔で言った。

「なんだよ？　嫌なのか？」

「だって、また礼金を払うんだろうが」

「そりゃそうだ。しかも、今度は木戸銭二百人分というわけにはいかねえぜ」

「え？」

「二千人分、いただきたいのさ」

「そんな馬鹿な」

今度の演《だ》しものは、いつもより高く、五十文取っている。二千人分といったら、二両以上になるではないか。礼金の枠を超えている。

「これだけの大入りが続けば、一万人、いや二万人だっていくだろう。二千人分なんか、ちょっとしたもんだろうが。それは、誰のおかげだ？」

「あんたのおかげだと？」

「そうだろうが」

「おれの手妻の力だろうが」

天宝はうつむいて、ひとりごとのように言った。

「なに言ってんだよ。あんたの手妻なんか、仕掛けは見え見えだぞ。でも、それに気づかないようにさせ、なおかつすごい、おもしろいと、おれがうまく書いているから、これだけの盛況になっているんだろうが」

「見え見えだって？」

天宝は憤然《ふんぜん》とした。

「ああ」

周吉は大きくうなずいた。

「あんたの得意の脅《おど》しだよな。見破ったって。でも皆、言ってるよ。ほんとに見破っているのかは怪しいってな」

「へっ。わかってねえな。おれは、見えちまう男なんだ。変な才能だよな。それだけ見えるんだったら、おれが新しい手妻を作ってやってみせたら、瓦版屋なんかやるよりはるかに儲《もう》かるんだ。ところが、それはできねえ。自分で新しいものは作れねえ。でも、誰かが作ったものは見破って、つまらねえと言える」

「じゃあ、どうやって猫が昇天するのか言ってみなよ」

天宝はそう言って、周吉を見た。この仕掛けを見破ったとは、信じられない。

「へっ。まずは抱いている猫をおかしくさせるよな。それは、そっと猫が嫌がることをしているだけだ。それで、あの檻《おり》のなかに入れるわな……」

と、周吉はその手順を語りだした。

「なんてこった」

天宝は、話を聞くうち、青ざめていった。

「それで、猫は昇天し、客の頭上には猫の毛がはらはらと舞い落ちるってわけ」

「………」

「しかも、秘密はこの仕掛けだけじゃねえ。この手妻を……」

「おめえ、そこまで」

天宝はあわてて周吉の口を押さえようとした。

「ああ、おれは全部、見破ったのさ」

と、周吉はニヤリと笑った。

「わかった、わかったよ。払う。だから、もうそれ以上、言うな。二千人分だな。払えばいいんだろう。その代わり絶対、秘密にしてくれるな?」

天宝は念押しした。

「おれは約束は破らねえ。もし破れば、おれの信用もたちまち失墜《しっつい》し、いろんなところから復讐《ふくしゅう》されるに違いねえからな」

こういうやりとりがあったのだった。

それから、二刻半(五時間)――。

ふたたびこうして会っている。

「ふう」

と、天宝はため息をつき、空を見あげた。

すでに暮れ六つが近い。裏道には夕闇《ゆうやみ》が訪れていて、人の通りもほとんどない。

「さあ、じゃあ長屋に行くか」

天宝は立ちあがった。

だが、歩きだすとまもなく、天宝はゆっくり立ち止まり、

「なんだ、どうした?」

訝《いぶか》る周吉の胸に手をあて、押しとどめるようにした。

「やっぱりおまえには……」

天宝はそのあと、「死んでもらうしかない」と言ったのだが、

「なんだって?」

できるわけないというように、へらへらと笑った。

「じゃあ、どうだ。これは見破れるかな?」

天宝は、コホンと咳払《せきばら》いをした。すると、その身体がふうっと浮いたのである。

「おおっ?」

周吉は意外ななりゆきに驚いた。

「化け物師昇天だ。でも、ほんとに昇天するのはおめえのほうだ」

頭上で天宝が言った。

「え?」

周吉が愕然《がくぜん》としたとき、同時にその命は消えた。

天宝は地面に戻っている。

その足元には、血まみれで横たわった周吉がいる。悲鳴をあげるいとまもなかったのだ。

天宝は舌打ちし、そして言った。

「おい、瓦版屋。この世には見破らないほうがいいものがあるんだよ」

三

北町奉行所の臨時廻《りんじまわ》り同心である亀無剣之介が、いつにもまして重い足取りで、三十間堀《さんじつけんぼり》沿いの木挽町の町並みを歩いてきた。

後ろには、亀無家の中間である茂三が従っている。茂三は背が高く、歩く姿勢もすっきりしているので、遠目には亀無が、猿まわしの猿のように紐《ひも》につながれて歩かされているように見えなくもない。

「まったく、朝から惨殺《ざんさつ》された死体なんか見たくねえよなあ」

亀無は、ため息をつくように言った。

今朝、奉行所に行くと、席に着くやいなや、辻斬《つじぎ》りがあったそうで現場に向かうようにと言われたのである。伝えたのは定町廻《じょうまちまわ》りの同心だが、与力の松田重蔵《まつだじゅうぞう》の命令だというから、どうしようもない。

木挽町の五丁目まで来て、

「なんだよ。死体なんかねえだろうが。戻ろうか」

と、亀無が引き返そうとすると、

「いやいや、旦那《だんな》さま。裏道のほうでしょう」

茂三は、亀無の肩に手をかけて、くるりと前に向けた。

「そうか。裏道か。だよな。辻斬りを表通りでやる馬鹿はいねえよな」

芝居茶屋らしき店の脇から横道に入り、裏道に出た。

「あそこに」

茂三が指を差した。

せまい道に、人だかりができている。「ひでえ死体だ」という野次馬たちの声が耳に入った。亀無はちょっと、ふらっとした。

「大丈夫ですか、旦那？」

茂三が心配そうに訊いた。

「ああ。ちっと寝不足なんだよ」

しかも、まだ五月（旧暦《きゅうれき》）の末だというのに、朝から真夏のように蒸している。

「おみちさまが泣いてたみたいですね」

「そうなんだよ」

朝、隣家にいる志保が、素麺《そうめん》のお裾《すそ》分《わ》けを届けてくれたが、そのとき、

「昨夜、おみっちゃん、泣いた？」

と、小声で訊いた。

「ああ」

「やっぱりね。ごめんなさいね。あたしが見世物小屋に連れていったばかりに」

「そうなの」

昨夜は戻りが遅く、なにも聞いていなかった。

「あんなすごいからくりだとは、思わなかったから」

志保とおみつが見たのは、木挽町の竹林斎天宝という化け物師の小屋だと言っていたが、殺しがあったのは、その近くである。

「まさか、化け猫のしわざとか言うんじゃねえだろうな」

亀無は見る前からうんざりしている。

「あ、旦那」

人だかりのなかから、亀無に挨拶《あいさつ》したのは、岡《おか》っ引《ぴ》きの三ノ助《みのすけ》である。

「おう、三ノさんか」

亀無も笑顔を返した。このところ、三ノ助にはずいぶん助けてもらっている。

「やはり、亀無の旦那が担当でしたか」

「そうなんだよ。ついてないというか、なんというか」

愚痴《ぐち》りながら、遺体にかけられた筵の前に立った。

「いつ、やられたんだ？」

「昨夜みたいです。見つかったのは明け方ですが、この通りは夜になるとほとんど人が通らないらしいんです」

「ふうん」

亀無は通りをざっと見まわした。片側は大名屋敷や大身《たいしん》の旗本《はたもと》屋敷が並ぶ武家地で、もう片側は町人地だが、料亭の裏手になっているところが多く、黒板塀《くろいたべい》が目立っている。

「遺体はひどいもんですぜ」

三ノ助がそう言って、筵をパッとめくった。

「うひゃあ、これは……」

亀無は、思わず顔をそむけた。肩口から胸のなかほどまで、バッサリ斬られている。それから片目を閉じ、ひとつの目だけで、じっくり傷口を見た。

いったい何本の骨を断ち斬れば、ここまで刃が食いこむのだろう。

しかも、倒れているが、かなりの上背《うわぜい》でがっしりした体格だというのもわかる。相手も相当な体格をしていたのではないか。

亀無は、これでも鳳夢想流《おおとりむそうりゅう》の免許皆伝《めんきょかいでん》だが、こんな大男を相手に、ここまでバッサリやれる自信はない。

「すごいなあ。ゾッとするなあ。世のなかには、こんな遣《つか》い手《て》がいるんだなあ」

亀無はぶるっと身体を震わせ、

「身元はまだだろ？」

と、三ノ助に訊いた。

「いや、わかったんです」

「もう？」

それはやけに早い。

「そっちに瓦版屋がいるでしょ。与之助《よのすけ》ってんですがね。野郎が遺体を見て、瓦版屋仲間の周吉って男だと」

「瓦版屋か。それで周吉の住まいは？」

「横山町《よこやまちょう》だそうです。くわしくは知らないそうですが」

両国橋西詰の近くである。瓦版屋が住むには便利なところかもしれない。

「誰か向かったのかい？」

「まだでしょう。いま、わかったばかりですから」

「横山町から木挽町に、なにしに来たのかな」

そうつぶやいて、こっちを見ている瓦版屋の与之助のところに行った。

「よう」

名前は知らなかったが、何度か現場で見かけた顔である。

「これは亀無の旦那」

と、与之助は親しげな笑みを見せた。こういうやつにかぎって、裏では「ちぢれすっぽん」と綽名《あだな》で呼んでいるに違いないのだ。

「仲間がひどい目に遭ったな」

「まったくです。まさか、瓦版屋を狙《ねら》ったわけじゃねえでしょうが」

「瓦版屋ってのは、狙われやすいのかい？」

「そりゃあ、悪く書いたりしたら、親の仇《かたき》みたいに憎まれますよ」

「そういうのは、いたのかい？」

「さあ。あっしも他人の敵のことまでは」

与之助は首を傾《かし》げた。

「だろうな。周吉はいくつだったんだ？」

「訊いたことはありませんが、三十くらいじゃないですかね」

見た目もそれくらいである。

「独り者かい？」

「そんなようなことは言ってましたが、実際、家に行って見たわけじゃないんでね」

亀無は頭を掻《か》き、三ノ助を見て、

「遺体はとりあえず、ここの番屋に置いてもらって、周吉の家に行ってみるか」

と、言った。

四

茂三には、木挽町五丁目の番屋で遺体の番をさせることにして、亀無は三ノ助とふたりで横山町へと向かった。

このあたりは、両国広小路からは少し離れ、老舗《しにせ》の多い落ち着いた町並になっている。

一丁目の番屋ではわからなかったが、二丁目の番屋に来ると、周吉の家はすぐにわかった。裏道に入ったところだが、長屋住まいではなく、こじゃれた一軒家に住んでいた。

「へえ。瓦版屋てえのは、そんなに儲かるのかね」

亀無は不思議そうに言った。

大家は少し先の湯屋だというので、まずそっちに行き、事情を話した。

「周吉が殺されたですって?」

湯屋のあるじは青くなった。

「意外かい?」

亀無は訊いた。

「いやあ、あんな強そうな男が、殺されるなんてことがねえ」

「やくざの恨みでも買ったのかな」

両国広小路あたりで、調子に乗ってでかい顔をすれば、やくざと喧嘩になっても不思議はない。

「どうですかねえ。大男でしたが、むやみに突っ張らかるような男じゃなかったですよ」

「家族はいたのかい？」

「いや、独り者です」

「女は？」

「悪所にはしょっちゅう遊びにいってたみたいですが、家に女は入れてなかったですね。仕事の邪魔になるとか言ってましたよ」

「じゃあ、遺体の引き取り手は？」

「生まれは板橋《いたばし》のほうで、去年、兄貴が亡くなってから身よりもいないと言ってたので、わたしどもで引き取って葬式《そうしき》もやりますよ。いやあ、驚きましたなあ」

大家は、店子《たなこ》の何人かとともに、遺体の引き取りに向かうとも言った。

「とりあえず、家に入らせてもらうぜ」

大家に断わり、周吉の家に戻って、なかに入った。

鍵《かぎ》などはなく、戸はするりと開いた。

一階は八畳ほどの板の間に、六畳間だが、すべて仕事場として使われている。

瓦版屋の仕事など、事件の現場みたいに雑然としていそうだが、周吉は几帳面なところがあったらしく、さほど散らかっていない。大きな棚があり、それをうまく使って、整理整頓がなされていた。

描きかけの食いものの絵があり、

「絵も自分で描いたんだな」

と、亀無は感心したように言った。

「山賊《さんぞく》みたいな見かけによらず、器用だったんですね」

出前を取ったらしく、重箱が戸口の脇に置いてある。

鰻重《うなじゅう》である。

茶道具も立派で、茶筒を開けると、上等な茶の香りがする。

「贅沢《ぜいたく》してたんだな」

「ええ。あそこの樽酒《たるざけ》は、〈剣菱《けんびし》〉ですよ。口が肥えてたんですね」

三ノ助は悔《くや》しそうに言った。

「日誌でもあるといいんだがな」

亀無と三ノ助で、手分けして日誌を探したが、見つからない。

「誰かが送りつけてきた脅迫状《きょうはくじょう》みたいなものもないかな」

今度は脅迫状を探したが、それもない。

「近頃出した瓦版はわかるかな」

「旦那。これは野郎の仕事をまとめたやつじゃねえですか」

と、三ノ助が板の表紙で綴《と》じた束を示した。

「どれ？　ああ、なるほど」

亀無は上からゆっくり、めくりはじめた。

それほど頻繁に出しているわけではないらしい。せいぜい月に二度くらいではないか。どれくらい刷って、どれくらい売れるのかわからないが、それでこんな暮らしが営《いとな》まれるなら、自分がやりたいくらいである。

だが、読み出すとなかなかおもしろい。

「三ノさんは二階とかも探って、殺される手がかりを探ってくれ」

亀無はそう言って、畳に腰をおろし、瓦版を読み続けた。

半刻《はんとき》ほどして――。

「旦那。物干し台まで細かく調べましたが、とくに怪しいものはなかったです。二階の押入れには、この金庫がありましたが」

と、三ノ助は、鉄鋲《てつびょう》まで打った、がっちりした木箱を置いた。

亀無が振ってみると、かちゃかちゃ、と小判《こばん》らしき音がする。

「すごいな」

「千両はないでしょうが、百両くらいはありそうですね」

「鍵は？」

「見あたりません」

「じゃあ、これは奉行所に持ってって開けるしかないな」

そう言って、亀無はまた、瓦版に目を落とした。

「旦那。それも奉行所に持っていけばいいんじゃないですか？」

「あ、そうだな。とりあえず、ここは引きあげるか」

三ノ助に金庫を持たせ、一緒に奉行所に向かいながらも、亀無は瓦版を読み続けた。歩きながら瓦版を読みふける恰好に、通りすぎる娘たちが、指差して笑ったりする。三ノ助は恥ずかしそうに、少し離れて歩いた。

奉行所に着いたとき、ちょうど亀無は読み終えたところで、

「おもしろかったなあ」

と、戯作《げさく》の感想みたいなことを言った。

百枚以上の束だったが、いっきに読み終えた。

「殺しに関係あるんですか？」

「大ありだと思うよ」

「へえ」

「周吉ってのは、ひと癖《くせ》ある瓦版屋だったんだな」

「ひと癖？」

「ふつう、瓦版屋ってのは、なんかあるとそれをおもしろおかしく記事に仕立て、絵を描かせて瓦版にする。それを売って、一枚いくらの儲けだよな。だが、周吉は違ったみたいだ」

「どんなふうに？」

「周吉は、火事だの殺しだのという事件のほかに、食いもの屋の記事もよく書いているんだ。それで、その食いもの屋で、どこどこの料理がうまいという記事を書くわな。ところが、しばらくすると、今度はその料理の作り方が出ていたりするんだ。しかも、こんな料理は家でも作れるので、わざわざ食いにいくほどではないとまで書いてあるのさ」

「どういうことです？」

「おそらく、最初に褒《ほ》めて、その店の人気が出ると、売上の一部を催促《さいそく》するんじやねえかな。おれのおかげだろうとか言ってさ」

「なるほど」

「でも、催促しても応じない店もあるよな。すると、次にその料理がなんでうまいのか。材料から味付けまでを、くわしく書くんだよ。味の秘密をあきらかにされたら、誰でもその料理を作れるようになるから、近所の料理屋もいっせいにその料理を出したりして、たちまち流行《はや》らなくなるってわけさ」

「じゃあ、瓦版よりも、礼金のほうで儲かってたんですか？」

「たぶんな。それで潰《つぶ》れた店も何軒もある。例えば、ほら、ここに尾張町《おわりちょう》の〈大辛うどん〉というのか、紹介されているだろ」

「ああ、ありましたね、大辛うどん」

「でも、こっちには作り方が書かれているんだ」

と、亀無は三ノ助に、その記事を見せた。

「ほんとだ」

「大辛うどん、いまはないよな？」

「ええ。春ごろ潰れましたよ。あっしは好きだったんですけどね。ずいぶん食いました。あそこのおやじはいま、木挽町の六丁目で小さな煎餅屋《せんべいや》をやってます」

と、そこまで言って、

「あ」

大声をあげた。下手人かもしれないと気がついたのだろう。

「うん。恨んでるよな」

「煎餅屋ですか、下手人は？」

「いや。そんなに早くはわからねえよ。ほかにもそういう店はあるし。でも、とりあえず、行ってみる価値はあるよな」

金庫を同心部屋に置き、木挽町六丁目にある煎餅屋に向かった。

「そこです」

と、三ノ助は指差した。

煎餅の店の間口はわずか一間。店先で、あるじが汗だくになって、煎餅をひっくり返していたが、亀無の姿を見るとすぐ、

「だ、旦那。あっしはやってませんよ」

と、あわてたように言った。

「なにを？」

亀無は、とぼけた。

「瓦版屋の周吉が殺されたんでしょ」

「そうだけど」

「あっしはずいぶん野郎の悪口を言ってたんで、もしかしてお聞きになったのかなと」

緊張しているのか、ただの癖なのか、見苦しいくらいに肩をこきこきいわせている。

「いや、それは聞いてなかったけどな。あんた、剣術なんかやるの？」

「冗談じゃねえ。あっしは刀なんざ触ったことすらありませんよ」

「でも、包丁は持っただろ？」

「さ、さっき、死体を見てきたんですよ。包丁であれだけ切れたら、まな板なんか五枚も重ねて使わなきゃなりませんよ」

この男の言うとおりである。あの斬れ味は、包丁には出せない。

「恨んでたのはほんとだろ？」

いちおう訊いた。

「そりゃあ、まあ、あんなふうに持ちあげといて、こっちが店を大きくしたら、倍の礼金を要求してきたんですぜ。ふざけるなと断わると、今度は瓦版で作り方まで書いて、けなしやがるんですから」

「うん。それは読んだよ」

大辛うどんの作り方が、くわしく書いてあった。唐辛子《とうがらし》の量だの、油で炒めるときのコツだのまで、全部である。あれを読めば誰でも作れるし、ずいぶん安く作れることもわかる。わざわざ店に行って食べる客はいなくなるだろう。

「あれなんだけど、作り方はあんたが教えたりしたのかい？」

「教えませんよ。野郎は見破ったんです」

「へえ」

「まさか、あそこまでわかるとはね。料理人だって、あそこまではわからねえと思うんですが、才能はあったんでしょうね。あのとき、言われるままに金を払えば、まだ、うどん屋をやってて、しかも流行ってたかもしれませんね」

煎餅屋は、いささか後悔しているらしい。

「周吉の瓦版には、ほかにも食いもの屋の記事があるんだ。どれも名物料理のおかげで、急に流行りだした店ばかりみたいだ」

「ああ。野郎の書き方もうまいんでしょう。たしかにあの瓦版が出ると、客がドッと増えたんですよ」

「じゃあ、そのあと、けなすような記事を書いていない店は、どこも多額の礼金を払ってるってことかな？」

「そうでしょう。野郎のやり口はだいぶ知られてきてたので、食いもの屋も、最初から書かなくていいと断わればいいのに、やっぱり目先の客が欲しいんですよね」

「なるほどな」

と、亀無はうなずき、

「じゃあ、また来るかもしれねえよ」

「旦那。あっしじゃないですって」

「おいらだって、そう願ってるさ」

後ろ向きに手を振って、煎餅屋をあとにした。

「旦那。そうすると、その瓦版に書いてある食いもの屋を、ひとつずつあたることになりますか？」

歩きながら、三ノ助が訊いた。

「そうだな。三ノさんにはそっちをやってもらって、怪しいのが出てきたら、教えてもらおうかな」

食いもの屋の記事は、三十軒分ほどあった。かなりの手間だろう。

「わかりました」

「それと、単なる辻斬りの線も考えられる。あの斬り口だと、腕の立つ侍がいちばん怪しいからな」

「あっしもそう思います」

「それで、この界隈《かいわい》に、おかしな侍が出没《しゅつぼつ》してなかったか、そっちも聞きこんでもらおうかな。いっぱい頼んじまってすまないんだが」

「いいえ。それくらいどうってことはありませんよ」

三ノ助は微笑《ほほえ》んで言った。つくづく頼りになる岡っ引きである。

「おいらは別口をあたってみる」

「別口ですか?」

「うん。食いもの屋のほかにも、周吉がいくつか記事にしてた商売があるんだ」

「なんです?」

「見世物小屋だよ。からくりだの、手妻だ。やっぱり、手妻の種をばらした記事もあった」

「ははあ」

「それで、ばらされてはいねえんだけど、記事にしてたのに、木挽町五丁目の竹林斎天宝の見世物があったんだ」

「なるほど。すぐ近くですね」

「むしろ、あまり近くじゃ殺しなんかやらねえと思うんだが、誰かを雇ったってことも考えられるしな。まずはあたってみるよ」

そう言って、亀無はひとりで竹林斎天宝の小屋に向かった。

五

亀無は、竹林斎天宝の小屋にやってきた。

芝居茶屋と料亭のあいだに大きな看板が出ているが、小屋の入り口はその路地を十数間入った突きあたりにあった。

だが、入ろうにも筵がおろされ、その向こうには客が座っているので、入れそうにない。客は満員らしい。熱気が、筵の隙間《すきま》からこっちに流れてくる。しかも、演しものはいまが佳境らしく、

「うぉーっ」

というどよめきが聞こえてきた。

「きゃあ」

と、悲鳴のような声も混じっている。

筵の隙間からのぞいてみるが、客は皆、上のほうを見ているらしく、なにがなにやらわからない。

まもなく、

「ありがとうございました。気をつけてお帰りください」

というだみ声がして、客がぞろぞろと出てきた。

「おっとっと」

亀無は押し戻されそうになるのに耐えながら、どうにかなかのほうへ潜りこみ、客が皆、出ていくのを待って、舞台の裏に顔を出した。

男が後ろ向きで、上半身裸で汗をぬぐっていた。竹林斎天宝だろう。

「ごめんよ」

亀無は声をかけた。

「こっちは出口じゃねえよ」

「客じゃねえんだ」

「え？」

天宝はこっちを向いた。小柄で、おどおどした鼠《ねずみ》のような顔をしている。化け物師といわれるような、おどろおどろしい感じは、まったくしない。

亀無の恰好を見て、

「これは町方の旦那でしたか」

と、着物の袖《そで》に手を通した。

「すごい人気だな」

「おかげさまで」

「なんでこんなに人気なんだい？」

「そりゃあ、あっしの手妻がすごいから……と言いたいんですが、すごい手妻がかならずしも大入りになるとはかぎらねえですし、よくわかりませんよ」

天宝は、なかなか謙虚《けんきょ》である。

「同感だよ」

人気というのは、ほんとに不思議なのである。

亀無の隣家に住む、与力の松田重蔵の人気も凄まじい。町を歩けば、若い娘から男の年寄りまで、きゃあきゃあ言って寄ってくるし、拝む者さえいる。

だが、なんであれほどの人気なのかは、よくわからないところがある。見た目のよさは、文句のつけようがない。だが、役者じゃないのだから、町方の与力が美男だったとしても、町人がなにか得するわけではない。

与力としての実力はどうなのかというと、これは微妙としか言いようがない。たしかに正義感は強い。それを堂々と押しだす。なんの策もなく、これぞ正義という意見を、誰に向かってでも主張する。相手が町奉行であろうが、老中や若年寄であろうがひるまない。

あのわかりやすさが人気の秘密か、と思ったりもする。

「おっと。おいらは人気の秘密を話しにきたわけじゃねえ。じつは、瓦版屋の周吉ってのが、昨夜、この近くで殺されたんだよ」

「ええ、知ってますよ」

と、天宝はうなずいた。

「早いね」

「与之助っていう瓦版屋に聞きました」

「あ、あいつね」

おおかた、取材でもしてたのだろう。

「すぐ、そっちでしょ」

天宝は、右手を指差した。ここからだと、十間ほど行ったところになる。

「そうなんだよ。悲鳴みたいな声は聞いてないかい？」

「あっしはもう、築地《つきじ》の長屋に帰ってたんじゃないですかね」

「そうか」

「なんでも肩口からバッサリだとか」

「そうなんだよ」

「辻斬りですかね。よほどの達人らしいって、その瓦版屋も言ってましたよ」

「与之助は、下手人のあたりがついたとかは言ってなかったかい？」

ついたなら、こっちが教えてもらいたい。

「いやあ、そんなことは言ってませんでした」

「そうかあ」

残念である。

「周吉は昨日、ここに来てましてね」

「あ、そうなの？」

「昼前にちらっとですが」

「なにしに？」

「大入りかどうかを見にきたみたいです」

「へえ」

「大入りの半分とまではいきませんが、三割くらいはあの人の瓦版のおかげでしたからね」

「今度の化け猫昇天のことは、瓦版にも書いてたよな」

「旦那もお読みなすったので？」

「読んだよ。あれ読んだら、見たくなっちまうな」

「そうなんでしょうね」

「じつは、あいつの家から、この何年かのあいだに作った瓦版を持ってきて、全部に目を通したんだ」

「そうなんで？」

「変わった瓦版屋だよな。あいつが事件のほかにしばしば取りあげるのは、うまい食いもの屋か、手妻などの見世物小屋だけなんだ」

「そうみたいですね」

「それで、すごく褒めてあるんだけど、何か月かあとには、その流行った店の秘密を暴いたやつが出たりするんだ」

「へえ」

「どういうことかと思ったら、周吉は自分の瓦版のおかげで流行ったんだろうと、けっこうな礼金をねだるらしいんだ」

「…………」

「それで、断ったりすると、次は料理や手妻の手のうちを明かして、ぼろくそに書くわけよ」

「…………」

「嫌なやつだよなあ。あんたも、礼金は出してたの？」

亀無はさらっと訊いた。

天宝は一瞬、ためらったような顔をしたが、

「ええ、まあ。たいした額じゃなかったですが」

と、亀無から顔をそむけて言った。

「それはひどいな。町方に相談してくれればよかったのに」

「いや、まあ、そこまで大金をせがまれてはいなかったので。だいたい、あたし

のことを化け物師と呼びはじめたのも、あの人でしてね」

「いくら払ったの？」

「木戸銭の百人分です」

「百人分？　そんなに？」

「でも、うちの小屋は一回で、百人ほど入りますから」

「元は取れるってわけか」

「ええ。周吉さんにはありがたいと思ってましたよ」

「なるほどな」

亀無はうなずき、舞台裏をじろじろと見まわした。なんに使うのかはわからないが、大道具や小道具がいろいろ置いてある。隅《すみ》のほうの檻に、猫が三匹ほど入っている。黒猫、虎柄、三毛と色違いである。

こっちの楽屋も、小屋同様に筵で仕切っただけの簡素な造りである。出口の筵もめくってあり、裏道も見えている。人の通りは多くない。

「ここは、あんたの小屋かい？」

と、亀無は訊いた。

「いいえ。あたしの小屋じゃないんですが、ただ常打ちにするので、向こう三年は借りることになってます」

「そりゃあ、たいしたもんだ」

「なあに……ところで旦那。申しわけねえんですが、次の客を入れる支度をしなきゃならないんで」

「あ、そうだな。すまなかった」

と、裏道のほうへ出ようとして、

「全部ひとりでやってるのかい？　弟子《でし》とか、手伝う者がいるんだろ？」

「いや、そんな身分じゃありませんよ。それに、下手に手伝わしたりすると、ネタをしゃべられたりしますのでね」

「ネタをな」

「あっしらは、それが命ですから」

天宝は先祖を拝むような、神妙な顔で言った。

六

じわじわと暑さが増してきたので、亀無は昼食に蕎麦《そば》を食い、掘割沿いの柳の木の下に腰をおろし、しばし昼寝を決めこんだ。

それから木挽町五丁目の番屋に顔を出すと、すでに周吉の遺体は大家たちが引き取っていったというので、中間の茂三と一緒に役宅に帰ることにした。

三ノ助には悪いが、今日は仕事を切りあげたい。このところ、非番の日も働かされたりして、疲れがたまっている。

役宅に帰ると、志保が来ていて、おみちと金魚を眺《なが》めていた。

「あれ？　金魚、どうしたんだい？」

「志保さまが買ってくれたの」

と、おみちが嬉《うれ》しそうに言った。

「すみませんね」

「ううん。怖いもの見せちゃったお詫《わ》びにね」

「怖いったって、ただの見世物だぞ、おみち。あんなのは、みんな、ネタがあるんだ。騙《だま》されてるだけで、ほんとは怖くもなんともないんだぞ」

亀無がそう言うと、おみちは志保を見て、

「そうなの、志保さま？」

と、訊いた。

「うん。ネタはあるわよ。ただ、上手に隠したから、なかなか見つけられないだけ」

「そうかなあ。おみちは、あの猫、ほんとに消えたと思う」

おみちは、悲しそうに言った。

「いったい、どういう手妻だったの？」

と、亀無は志保に訊いた。

「たしかに、すごかったの。だいたい竹林斎天宝というのは、あそこに常打ちの小屋をかまえてから、手妻の仕掛けも大がかりになっていたんだけど、今度のはいちだんと凄《すご》かったの」

「志保さんも驚くほどなのか」

「まあね」

と、志保はうなずき、おみちに、

「あ、金魚に餌《えさ》あげなくちゃ。おみっちゃん、うちの誰かにごはん粒を少しもらってきて」

と、頼んだ。

「うん」

　おみちは立ちあがって、隣の松田家に行ってしまった。あのときの様子を、おみちに思いださせたくなかったらしい。

「あのね。猫が出てくるの。ふつうの虎柄の猫よ。それで、ふつうに見えるけど、じつはこいつは化け猫でして、とか天宝が言うわけ。すると、だんだん猫がおかしく見えてくるの」

「ふうん」

「それで、あ、これは危ないなあとか言って、お客に害を与えるとまずいから、檻に入れたほうがいいなって、竹でできた檻に入れるわけ」

「大きいの？」

「そうね、これくらい」

　と、志保は両手をいっぱいに広げた。猫を入れるわりには大きい。

「で、猫をそれに入れると、その檻が、すぅーっと宙に浮いていくわけ」

「ほう」

「あ、どうしたんだとか、天宝もあわてるから、こっちも驚くのね。それで、そのとき、がしゃがしゃってすごい音がして、突然、舞台の後ろに障子戸《しょうじど》があるんだけど、そこに怖い顔をした、大きな猫の顔が浮かびあがるの」

「へえ」

「さらに、上にあった檻が壊れて、ばらばらになって落ちてくるんだけれど、猫だけがヒューッと、空に消えていくの」

「消えていく？」

「そう。小さくなって見えなくなるの。それで、上から猫の毛がいっぱい降ってくるわけ」

「そりゃあ、すごいな」

亀無も見てみたい。

「志保さま。もらってきた」

ちょうど、おみちが戻ってきた。

七

翌日は、朝から三ノ助とともに、周吉の瓦版に載っていた店の訊き込みをした。

だが、怪しい人間にはぶつからない。

「殺したいくらいでした」

と言う、潰された店の元あるじもいたが、中風《ちゅうふう》になって寝込んでいたりした。

また、辻斬りの線も追ったが、あの界隈に怪しい侍が出没するという証言もなければ、当夜、あの近辺の辻番や番屋でも、胡乱《うろん》な人物を見かけた者はいなかった。

あれだけの斬り傷を負わせたら、かなりの返り血を浴びているはずである。そのまま逃げても、かならず誰かの目にとまっているはずなのだ。

「それがないってことは……」

と、亀無は言った。

「すぐ近所の竹林斎天宝か、煎餅屋ですか？」

三ノ助が言った。

「ううん。煎餅屋は違う気がするが、いちおう探りは入れるか」

「天宝は？」

「わかんねえんだ。でも、周吉がもっと払えと言いだしていたとしたら、あいつの演しものを見破ったってことだよな」

「なるほど」

「じつは、松田さまのところの志保さんと、うちの娘があれを見ていてな。話を聞いただけでもすごいんだ」

「へえ」

「見破れるものか、ぜひ見てみようじゃないの」

「わかりました」

と、小屋の前まで行くが、すでに大勢が並んでいる。

「こりゃ、次の回まで並ばないと駄目かな」

奉行所の者だと、割りこむこともできなくはないが、並んでいる者から白い目で見られるに決まっている。

「ちぢれすっぽんだ」

という声まで聞こえたので、ちゃんと順番を待つことにした。

並んで待つうちに、前後の客に声をかけた。

「これは評判になってるのかい？」

「瓦版で読んだんですよ。見なきゃ損みたいに思えましてね」

やはり、瓦版効果は絶大なのだ。

「天宝のは、仕掛けがすごいですよ。あっしはこれで三度目なんですが、どうやってるのか、さっぱりわからねえ」

と言う者もいた。

「お、天宝だ」

声がした。奥から天宝が出てきて、木戸銭の徴収をはじめた。

「あんなことまで自分でやるんだな」

亀無は感心して言った。

客は期待に胸を膨らませて、ぞろぞろと小屋に入っていく。

亀無の番が来たら、

「え、旦那、並んだのですか？」

天宝は驚いて言った。

「そりゃそうだろうよ。順番は守らなくちゃ」

「町方の旦那ってのは、十手《じって》風を吹かせて、横からでも入るもんだと思ってました」

「偏見《へんけん》」

と言って、亀無はふたり分の木戸銭を払って、なかへ入った。

「意外とせまいんだな」

客席は、ちょっとした飲み屋の土間くらいの広さである。天井もない。周囲が筵でふさがれているだけである。

舞台はまだ、しっかりした造りになっている。ほかは筵だが、ここは後ろの壁に竹が使われ、一部は障子戸になっている。屋根もついているので、舞台のあたりは少し薄暗い感じはある。

「さあさあ、お待たせをいたしました」

大きな声がして、障子戸が開き、竹林斎天宝が登場した。さっきは着ていなかった、花模様の派手な羽織《はおり》を着ている。多少、化け物師らしくなった。

いきなり化け猫の手妻がはじまるのかと思ったが、最初は小手先のいろんな手妻を見せる。指先から花びらが出たり、小さな玉が出たり消えたりする。

客に預けたはずの玉が、いつの間にか消えたりもした。

「あれ、さくらじゃないか？」

と、亀無は疑った。

だとしたら、客席で手伝っている者が、ひそんでいることになる。

ところが、同じようなことを、さっき外で亀無と話をした客がやらされた。今日が三度目と言っていた男である。さくらだったら、そんなことは言わないだろうから、やはり客席に協力者はいないような気がする。

ついに化け物の手妻がはじまった。

志保は虎柄の猫と言っていたが、今回、天宝が出してきたのは黒猫である。

あとはまさに、志保の言ったとおりだった。

どう見ても、黒猫はおかしくなり、檻を壊して、上空に消えていった。

「ええっ」

「嘘《うそ》だろう」

「消えちまったよ」

降ってくる黒い猫の毛を払ったりしながら、客は口々に驚嘆《きょうたん》した。

おみちも、ありえないことが目の前で起きたので、さぞかし仰天《ぎょうてん》したのだろう。

これだったら、夜泣きしたのも無理はない。

横を見ると、三ノ助も呆然《ぼうぜん》としている。口をぽかんと開け、いつものやり手の岡っ引きの面影《おもかげ》はまったくない。

「おい、三ノさん。大丈夫かい？」

亀無は声をかけた。

「いやあ、なんだったんですかね、いまのは？　なんだか、頭を馬鹿にさせられた気がしますぜ」

三ノ助は、子どもに戻ったみたいな顔で言った。

ほかの客たちと一緒に、押しだされるように外に出てくると、

「楽屋に行かないので？」

と、三ノ助は亀無に訊いた。

「うん。いまはいいだろう。それよりさっきの手妻だが、ああいうのって、ひとりでやるのかね？　誰か手伝っているようには見えなかったんだけど」

「ああ、なるほど」

「なにもかも、ひとりでやれるもんかね」

「天宝に訊いてみましょうか？」

と、三ノ助は言った。

「聞いても言わないんじゃないか」

「じゃあ、そっとのぞいてきますよ」

三ノ助はもう一度、小屋のなかに入っていった。

亀無が、掘割沿いの柳の木の下で待っていると、しばらくして戻ってきた三ノ助が、不思議そうに首をひねって言った。

「楽屋にも、野郎のほかには誰もいませんでしたよ」

八

木挽町には、ほかにも見世物小屋もあれば芝居小屋も並ぶ。

天宝の小屋は五丁目だが、六丁目にも手妻などを見せる小屋があった。

「ちっと同業者に訊いてみるか」

亀無はそう言って、楽屋のほうから顔を出した。

「あ、ちぢれすっぽん……じゃなかった、ええと、亀無の旦那」

若い男が、あわてて言い直した。

亀無はそんなことで怒ったりはしない。

「おめえは手妻師かい？」

と、若い男に訊いた。

「ええ。このあいだまで師匠の弟子をしながら、尾張町の番屋で番太郎をしていたんですが、修業の甲斐《かい》があって、やっと小屋に出してもらえるようになりまして」

だから、亀無のことを知っていたらしい。

「瓦版屋の周吉って知ってるよな？」

「殺されましたでしょ？」

「うん。周吉は、瓦版に手妻師のことを書いたりしてたんだ。おめえんとこには来てなかったかい？」

亀無は、稽古中だったらしい手妻用の赤い玉を手に取って訊いた。

「ああ、あの人はあっしのような駆け出しなんか、相手にしませんよ。もっといっぱい客を集められるような手妻師のところには行くみたいですが」

「ここは、おめえのほかにも、何人も手妻師がいるのかい？」

「ええ。手妻師が五人と、軽業師が三人いて、交互に芸を見せてるんです」

「なるほどな」

周吉も、ひとりずつ礼金を徴収するわけにはいかなかったのだろう。

「でも、向こうの竹林斎天宝さんも、一年前までは、ここで一緒にやっていたんですよ」

「そうなの？」

それは意外である。

「そのころは、あっしらみたいに細かい手妻をやってたんです。ただ、そのころから、断然うまかったですけどね」

「それが急に、ああいう派手な手妻になったんだ？」

「いろいろ研究したり、ひそかに稽古したりはしていたみたいですが」

「おめえは、いまやってる化け猫昇天は見たのかい？」

「見ました。勉強のため、ちゃんと木戸銭を払ってね」

「どう思った？」

「いやあ、すごいでしょう。あんなことまでやれるのかって、びっくりしましたよ」

若い手妻師は感激の態《てい》で言った。

「手妻師なら、ネタもわかっただろうよ」

「いや、わからなかったです」

「手妻師でも？」

「ええ、あっしの師匠もわからないと言ってました」

そんなにすごいのか。

若い手妻師は、亀無と話しながらも、丸い玉を両手でもてあそんでいる。それは、ひとつからふたつになったり、赤だったのが、黄色になったりする。

「でも、手妻なんて、細かいのでも大がかりなやつでも、根本は一緒なんじゃねえのかい？　要は目くらましだろ？」

「そう思うんですが、ただ天宝師匠の場合は、からくり仕掛けみたいなものも使っているんじゃないですかね」

「からくり仕掛け？」

「ええ。ぜんまいを巻くと動く人形とかあるでしょ。お茶を運んでくるやつとか、弓を射たりするやつとか」

「あれを天宝は使ってるのか？」

「似たようなやつは使ってるだろうって、うちの師匠たちも言ってますね」

「天宝の手妻を手伝ってるやつはいねえのかね？」

「いや、誰かは手伝ってるでしょう」

「やっぱり」

亀無はそう言って、後ろにいた三ノ助を見た。

三ノ助は首を傾げ、

「でも、おいらは楽屋をのぞいたけど、ほかには誰もいなかったぜ」

と、言った。

「そうなんです。手伝ってるような人は、見かけないんですよね。木戸銭の徴収から、呼びこみだの、片付けだの、あの人は全部ひとりでやってるみたいなんです。うちの師匠たちも不思議がってます」

若い手妻師は言った。

たしかに不思議である。

そのあたりに、重要な秘密があるのかもしれなかった。

九

三ノ助とも別れ、暮れ六つ過ぎに八丁堀《はっちょうぼり》の役宅に戻ると、今日も志保が来ていた。近頃はいるのがあたりまえで、ずっと昔からこうだったような気もする。

実際、子どものころも、志保は亀無家によく来ていたのだ。

今朝などは、住み込みの婆《ばあ》さんから、

「志保さまは、お泊まりにはならないのですか？」

と、訊かれた。

そのほうが自然でしょう、というように。

「馬鹿なことを言うんじゃない」

　と、たしなめたが、胸がドキドキした。

　——もしも、今夜は泊まっていけば？　と言ったりしたら、どういうことになるのだろう。

　だが、それを言う勇気は、自分にはとてもないと、亀無は思った。

　着替えていると、

「なんか、今日はずうっと、あの手妻のことを考えていたの」

　志保が脱いだ着物をたたんでくれながら言った。

「あ、おいらも今日、見てきたよ」

「まあ。すごかったでしょ？」

「ああ。おみちが夜泣きするのも無理はないと思ったよ」

「そうよね。ありえないことが、目の前で起きるんだもの」

「おいらには、ネタなんかまったく見当がつかないよ。そのあと話を聞いた若い手妻師も、見たけどまったくわからなかったと言ってたよ」

「そうなの。あたしは、なんとなくここらへんまでわかってきてる気がするの」

　と、志保は手の先を喉元《のどもと》あたりにあてた。

「そりゃあ、すごい」

若い手妻師のあと、もう一度、煎餅屋にも顔を出したが、あいつはどう見ても下手人とは思えない。

もしも町人が下手人なら、なにか特別な凶器、あるいはからくりみたいなものを用《もち》いなければ、あの殺しはできそうにない。あの煎餅屋に、そうした凶器を扱う知恵があるようには見えないのだった。

とすると、やはり化け物師の天宝が怪しくなってくる。

なにか、手妻のような手口を使ったのかもしれない。若い手妻師は、からくり人形のことを言っていたが、そういうのを使ったのだろうか。

だが、少なくともあの楽屋には、からくりらしきものは見あたらなかった。

「瓦版屋殺しなんだがね」

と、亀無は志保を見て言った。

「うん」

「あの化け猫昇天の仕掛けを見破ることが、解決につながるかもしれないな」

「そうなんだ」

「志保さん。わかったことがあったら教えてほしい」

「考えてみる」

志保がうなずいたとき、玄関のほうで声がした。

「あ、安兵衛《やすべえ》の声」

と、志保が立ちあがった。安兵衛というのは、松田家に何人かいる中間のひとりである。

「旦那さまがお呼びです」

安兵衛が言った。

「あたし？」

「いや。亀無さまです」

志保はおみちと遊んでいるというので、亀無がひとりで松田家に向かった。

そろそろ、調べの進捗《しんちょく》具合を確かめたくなったのだろう。松田はかなりせっかちなのである。

家にあがると、松田は帰ったばかりでまだ食事中だった。

うどんを食べているので、ぎくりとした。以前、松田が道楽で打ったうどんを食わされ、あまりの太さと腰の強さに死にそうになったことがある。

「どうだ、瓦版屋殺人事件は？」

松田は、ちゅるちゅるとうどんをすすりながら訊いた。やわらかそうなうどんなので、自分で打ったわけではないらしい。であれば、食べさせられる心配もないだろう。

「殺人事件？」

聞き慣れない言葉だが、どちらも日本の言葉だから、意味はわかる。

「うむ。今後、わしが扱う人殺しは、殺人事件と呼ぶことにした」

「はあ」

呼び方など、亀無にはどうでもいい。

「それで、どれくらい進んだ？」

「じつは……」

と、いままでわかったことを報告した。やはり、竹林斎天宝は怪しく、いまやっている手妻の仕掛けを見破ることが、解決にもつながるかもしれないと。

「ふうむ。どういう手妻なのだ？」

と、松田に訊かれ、ざっと説明すると、

「剣之介。そんなことも見破れないのか」

呆《あき》れたように笑った。

「松田さまはおわかりなので？」

「ああ、見破った。それは鳥師《とりし》が手伝っておるな」

「鳥師？　鳥師ってなんですか？」

亀無は訊いた。殺人事件は意味がわかったが、鳥師とはなんなのか。

「鷹匠《たかじょう》は知っているな」

「ええ」

上さまが鷹狩りのときに使う鷹を育てている人たちだろう。鷹など、亀無あたりは飼いたくても飼えない。

「鷹匠に憧れて、なれなかった者がうじゃうじゃいる。おそらくそいつらが鳥師というのになったのだろう。つまり、鷹匠が鷹を育てるように、そこらにいる鳥を育てて鍛《きた》えるのだ。鳩《はと》だの烏《からす》だのをな」

「鳩や烏を……？」

そんなことをしている者は見たことがない。本当に鳥師なんて者がいるのだろうか。

松田はときどき、この世にない生きものだの品物まで、あることにしてしまう。

「その鳥師と化け物師がつるんだのが、今度の殺人事件だ」

「そうなので」

「昇天した猫だが、それは目くらましだ。手妻などというのは、しょせんは目くらましだぞ。そなたには猫に見えても、じつは猫ではなかった」

「まさか、鳥？」

「いかにも、それは鳥だったのだ。鳥に猫の毛の半纏《はんてん》でも着せ、巧みにごまかした。だが、檻に入れたとき、猫に化けさせられた鳥はもがいて暴れだした。そして、檻が壊れると、天空高く飛んでいった。そのとき、ばらばらに半纏から毛が舞いおりてきたというわけだ。なんの不思議もあるまい」

松田は自信満々で推理し終えた。

「ははあ」

松田は以前、やはり鳥を下手人だと決めつけたことがある。

くちばしで刺し、飛んで逃げたのだ、と。今度はそれに、鳥師という訊いたことがない稼業が加わった。ない仕事を作りだす松田こそ、天才手妻師かもしれない。

「それでは……？」

「化け物師を締めあげれば、おそらく鳥師のことも吐くだろうな」

「では、その線で詰めてみます」

そう言って、亀無は松田家をあとにした。


「どうだった、剣之介さん？」

家に戻ると、志保がすぐに訊いてきた。

「ううん」

と、亀無は腕組みした。

「兄がまた、とんでもない珍推理を働かせたんでしょ？」

「うん、まあ、突飛なことは突飛なんだがな。ありえなくはないかも」

「どういうの？」

志保に訊かれ、たったいま拝聴した説を話した。

「そんな馬鹿な」

と、志保は笑った。

「できないかな？」

「できないし、鳥と猫は見間違わないわよ」

「そうかなあ。おいらは、今度ばかりはその線もありかなと思ったんだよ。そこらの鳩や烏を捕まえて、試してみようかな」

「そこまで言うなら、やってみたら？」

志保は苦笑して言った。


翌日、暮れ六つの半刻ほど早く役宅に戻ると――。

亀無は志保とともに、近所の富士塚《ふじづか》にやってきた。ここは夕方くらいになると鳩や烏が来て、鳴きかわしているのだ。

猫の毛皮は用意できないが、志保があまり布で猫らしいかぶりものを作ってくれていた。

「おお、うまくできたね」

頭に耳のかたちをつけ、着物と一体になっている。これを鳥にかぶせ、羽を避けながら着物のように巻きつけると、鳥が猫に見えるかもしれない。

「でも、これで見えるかしらね」

作った当人は自信がないらしい。

「たぶん、雉《きじ》だとか猫に化けさせやすい鳥を探すべきなんだろうけど……」

わざわざ、そんな鳥を捕まえにはいけない。

「まずは鳩で試すか」

餌をやって、近づいた。

「ほら、来い、来い」

亀無が餌を撒いていると、

「そういえば剣之介さん、昔もこうやって鳩捕まえたよね」

と、志保が言った。

「そうだっけ？」

「うん。捕まえて食べるんだって息巻いてた。でも、結局、捕まえられなかったけど」

と、志保は笑った。

だが、二十数年の歳月は、ちゃんと亀無を成長させている。今度は、さほど苦労せず、鳩を捕まえた。

「ほらほら、暴れるんじゃない」

鳩はもがく。それでもどうにか、志保の作ったかぶりものを着せた。

「どう？　猫に見える？」

「まったく見えない。もっと大きかったもの」

「じゃあ、烏だったのかも」

鳩は放してやった。

「烏を捕まえられるの？」

志保が驚いて訊いた。

「たぶん」

鳩を捕まえたのだから、烏だって捕まえられるはずである。

「あ、いた」

頭上で、カアカアと啼いている。

「ほらほら。うまいものをやるから、おりてこい」

「クワッ、クワッ」

一羽の烏がおりてきた。

「うわっ。大きい」

志保が怯《おび》えたような声をあげた。

たしかに、これは大きい。これだと、黒猫に化けても違和感はないかもしれない。

大きいだけあって、肝も太いのか、餌につられて亀無の足元まで寄ってきた。

「いまだ」

苦労して烏を捕まえたが、これも暴れる。

しかも、ギャアギャアと、すごい声を出す。凄まじい格闘になって、羽が飛び散り、あたりが黒く見えるほどになった。

「ううん、これに着せるのは大変だな」

烏はバサバサと羽をはばたかせる。

「無理。剣之介さん。烏と猫は、どうやっても似せられないよ」

志保が呆れて言った。

「そうかあ」

烏も放してやることにする。飛び去る際、

「バカア」

と言われた気がした。

諦めて、家に帰ることにした。

帰り道で志保が、

「あの竹林斎天宝の手妻なんだけど、剣之介さんと一緒に考えてみたいの」

と、言った。

十

考えのほうに集中するため、近くの蕎麦屋から出前を取った。

三人でざる蕎麦と天婦羅《てんぷら》を食べると、いつもは食の細いおみちが、驚くらいいっぱい食べた。蕎麦を一本残して、おみちは、

「これは金魚の餌だよ」

と、桶《おけ》のなかに垂らして遊びはじめた。

その様子を見ながら、

「天宝は一年前くらいから、急に大きな仕掛けの手妻をやりだしたそうなんだ」

と、言った。

「うん、そうね。それまでは、細かい手技《てわざ》の手妻ばかりだった。そのころもうまかったけどね。でも、通好みの手妻師に過ぎなかった。それが、あんなふうな化け物師と呼ばれる、大がかりな手妻をはじめたの」

「あの小屋を借りたのは？」

「大がかりな手妻をはじめてからよね」

「化け猫昇天というのは、最初じゃないんだよな。ほかには、どういうのをやったか、志保さん、知ってるかい？」

「あたしが見たのは、大きな岩を一瞬にして消したやつだった」

「大きな岩が一瞬で消えた？」

「化け物の岩だって言ってた。ありえないよね。でも、あの仕掛けは、もしかしたらやれるかなとは思ったわ」

「どうやって？」

「まず、大きな岩に見えたけど、じつは岩じゃなかったかも」

「え？」

「あの舞台って、あそこだけ屋根があって、両脇の筵も二重にかけてあったりして、けっこう薄暗いんだよ」

「ああ、たしかに」

志保の観察眼は、なかなか鋭い。

「それまでに本物の岩だというところも見せていたから、どーんと大きいやつもてっきり岩だと思いこんだのかもね」

「でも、なんにしたって、一瞬で消えたんだろう？」

「うん。それは、たとえばその岩が布とかで巧みに作った張りぼてだったとするよ。その端を、ものすごく強い力で、急に引っ張ったとする。布はたちまち、穴みたいなところに吸いこまれて、消えたみたいに見えるんじゃないかしら」

「へえ」

「あとで考えたから、その場では確かめようがなかったけど、たぶん、やれるんだよ」

「すごいねえ、志保さんは」

亀無は感心し、

「同じ方法を、猫でもやったってことはないかな？」

と、言った。

「猫で？」

「猫もどこかで張りぼてになってるんだよ。それで上空に消えるときに、ものすごい力で引っ張ったわけ。すると、張りぼての猫は潰れて消えてしまい、なかに詰めてあった毛が、ぱらぱらと客の頭上に降りそそぐんだよ」

「なるほど。そう言われるとできそうね」

「だろう？」

「でも、そんなに強い力ってなに？」

「うん。それなんだよね」

　と、亀無は腕組みし、

「あの猫が入った檻が、天井の高さあたりまであがったとき、舞台の脇にあった障子戸に突如、巨大な猫の顔が浮かんだよね」

「うん」

「あれで皆、そっちを見た」

「あれはあきらかに目くらましだよね」

「どうやったんだろう？」

「あれは簡単よ。いま思えば、昔からあった仕掛けなの。『神仙戯術《しんせんげじゅつ》』っていう手妻の書物にも書いてあるわ。紙にね、鉄の粉と明礬《みょうばん》を溶かした液を使って、なにか描くわけ。それを乾かすと、なにも見えなくなってしまう。でも、今度はその紙を濡《ぬ》らすと、描いてあった絵が浮かびあがるってわけ」

「そうなんだ」

「あれも、障子の上に水が出る仕掛けがあり、機《おり》を見て、ざあっと流したのよ。一緒に、金盥《かなだらい》でも落としたんでしょうね。がちゃがちゃーんて音がして」

「ああ、あれには驚いた」

「それで、障子が濡れ、化け猫の顔が浮かびあがった。どうしたって、皆、そっちに目がいっちゃうわよ」

「だろうな」

「そうそう。もう、わかったわ。その隙に、上にあった猫の檻は入れ替わるわけ。今度のは、すぐ壊れやすい檻で、なかには張りぼてというか……たぶん布かなんかで作った猫の偽物《にせもの》が入ってたの」

「なるほど、布製か」

「それがなにかの仕掛けでぴゅうっと上に飛んで、ただの布切れになり、なかに詰めてあった猫の毛がいっぱい降ってくる。どう、これで？」

「うんうん、やれそうだ」

「あとは、強い力をどうしたかよね。それは、小屋を探ってみないとわからないなあ」

「いや、そこからはおいらの仕事だ。明日、天宝が小屋に来る前に、探ってみることにするよ。それにしても志保さんはたいしたもんだ」

「なにが？」

「女だてらに手妻や軽業に興味を持ち、その仕掛けまで見破る」

「やあね。それって偏見よ」

「偏見？」

「女でも手妻や軽業が好きな人はいます」

「そうなの？」

「ときどき見かけるんだけど、まだ若いお嬢さんで、手妻や軽業の小屋で熱心に見ているの。一度、目が合って、似た者同士なのねって感じでうなずきあって」

「へえ」

「見た目は可愛らしくて、上品そうで……でも、大好きなのね。それで、話までしちゃった。あの手妻はこうしたらいいのにとか。もしも、手妻師になったら、ものすごい仕掛けを考えだすんじゃないかしら」

「大店《おおだな》のお嬢さまかい？」

「ううん。武家のお嬢さまよ」

武家の娘かどうかは、髷《まげ》や着物で一目瞭然《いちもくりょうぜん》である。

「へえ」

「しかも、あの近所のお屋敷だと言ってたわ」

「そんな人がいるんだね」

志保のおかげで、仕掛けはだいぶ見えてきた。

強い力。それが、周吉をバッサリやった秘密なのだろう。

「あら」

と、志保が言った。

「ん？」

志保が指差していたのは、亀無の脇でいつのまにか眠ってしまったおみちだった。

「よく寝てるわね」

「今日は夜泣きもしなさそうだ」

これが家族団欒《だんらん》の幸せってやつなんだろうな——と、亀無は思った。

十一

翌朝早く——。

亀無は木挽町五丁目にやってきて、天宝の小屋の裏へとまわった。今日は町並をじっくりと眺めた。

木挽町というのは、三十間堀に沿った細長い町で、一丁目から七丁目まである。町のいわゆる表側は、東豊玉河岸《ひがしとよたまがし》と呼ばれる河岸に面している。その荷揚げの混雑もあり、この通りはいつも賑《にぎ》わっている。

だが、町の裏手に来ると、ここは武家地と接していて、人通りも少なく、急に静かになる。道も表側と比べると、ずいぶんせまい。

一丁目から三丁目あたりまでは、大名屋敷が並ぶが、天宝の小屋の裏手は門構えからすると、旗本の屋敷らしい。

ただ、五、六千石はありそうな、大身の旗本である。外から見る分には、樹木の多い庭で門の脇にも大木が並び、道の上のほうにも枝を伸ばしていた。

「ん？」

亀無は足を止めた。

足の裏に、ツルっとした感触があった。

——ん？

地面を見ると、竹がのぞいていた。根っこではない。

——竹筒が埋まってる？

少し掘ってみた。間違いない。かなり太さのある竹筒が埋められていた。天宝の小屋まで続いているらしい。

小屋は粗末な造りなので、戸は閉めてあっても、脇の筵をめくれば簡単に入ることができた。天宝はまだ出てきていない。弟子も本当にいないらしい。

竹筒はどこに来ているのか。地面を探った。

——ここか？

楽屋裏の地面の一部に四角い板が置いてあり、石が載せられてある。石と板を取りのぞくと、案の定、竹筒の先があった。

もう一度、外に出て、竹筒のもう一方の行く先を確かめた。

——こっちの旗本屋敷のなかまで続いている。

旗本屋敷の塀のそばに立った。周囲をうかがうが、人通りはない。

耳を澄ました。かすかに馬の鳴き声がした。一頭ではない。数頭いるみたいである。匂《にお》いを嗅《か》ぐと、馬草《まぐさ》の匂いもする。

この塀の向こうは、馬小屋になっているらしい。

——馬を走らせたら、すごい力が出るよな。

と、亀無は思った。

志保が言っていた、岩を瞬時に消した手妻……。

あれがやれるのではないか。石に模《も》した布の端に紐《ひも》をつけ、節《ふし》を抜いた竹筒のなかを通して、向こうで馬を走らせる。合図さえうまくできればいい。

——だが、猫は空に消えたんだぞ。

亀無は上を見た。楠木《くすのき》の大木が広々と枝を伸ばし、その太い枝のひとつは天宝の小屋の上あたりまで覆《おお》っていた。

しかも、葉陰《はかげ》の向こうに、竹筒が見えているではないか。

——あれに紐を通したんだ。それで、馬を走らせた。あのすごい音をさせたのは、客を驚かせるだけでなく、馬を走らせる合図にもなったんだ。

これで、化け猫昇天の仕掛けは、ほとんど読めた。だが肝心なのは、瓦版屋の周吉が殺されたほうである。

亀無は、周吉が殺されたあたりへと歩いた。

——ここだ。

地面には、まだうっすらと血だまりの跡が残っている。見あげると、ここにもやはり、大きな楠木が枝を伸ばしていた。

じいっと目を凝《こ》らす。今度は竹筒は見えないが、枝分かれしたあたりが、なにかでこすられたような跡が見えた。

——ここで天宝自身が宙にあがったのではないか。

ふと、そんな光景が浮かんだ。

たとえば、ここに紐をつけた台を置いておく。それで、周吉と一緒にここに来たとき、合図とともに向こうの馬の力で宙に浮かびあがる。その台の下には、刀がくくりつけられている。

ふたたびの合図で、天宝は台と一緒に落下する。その重みで、刃は周吉の身体をバッサリ斬り裂いている……。

ここまで考えたとき、ぎぎっと音がして、旗本屋敷の門が開いた。

なかから、若い娘と中間がひとりで出てきた。

娘の歳は十八くらいか。もちろん振袖《ふりそで》である。

こちらを、チラッと見た。可愛らしく、上品そうでもある。それだけでなく、小魚が笑うみたいな、ぴちぴちした茶目っけも感じられた。

——もしかして、志保が話していたお嬢さまでは……。

と、亀無は思った。

「あのう、あいすみません」

亀無は近づいて、声をかけた。

「なんだ、あんたは？」

付き添っていた中間が、咎《とが》めるような目で亀無を見た。

「町方のものですが」

「町方がうちのお嬢さまに声などかけるでない」

中間がそう言うと、脇にいた娘は、

「いいの」

と、言った。

「いいんですか？」

中間は不服そうだが、

「なにかしら？」

と、娘は亀無に訊いた。

「ちと、おうかがいしたいんですが、お嬢さんは手妻とか軽業とか大好きじゃないですか？」

「どうしてです？」

「いえね。おいらの知りあいというか、許嫁《いいなずけ》というか……」

思いきり見栄を張った。

「その人が、見世物小屋で気が合って、いろいろ話をしたと言ってたんですよ」

「まあ、あの方。八丁堀にお住まいと言ってたけど、あなたの……」

娘の顔がほころんだ。

「いや、まあ。そういう話もありまして」

「ご用はそのこと？」

「あ、いや、お嬢さんは、そこで興行をしている竹林斎天宝のことはご存じですよね」

「ええ、まあ」

「天宝にお知恵を授けたりは？」

「………」

娘は口をつぐんだ。

すると、中間が、

「お嬢さま。行きましょう」

と、亀無の前に立ちはだかるようにした。

その中間の脇から、のぞきこむようにして、

「いえ、べつに咎めだてするわけじゃないんです。ただ、急に大がかりな手妻をやるようになったのは、別の知恵と助けがあったんじゃないか。その助けというのは、もしかして馬を使ったんじゃないかと愚考《ぐこう》しましてね」

「そんなことは言えないわ」

答え方は、どこか悪戯《いたずら》っぽい。この人は、悪事にはかかわっていない。少なくとも、その自覚はない。

「そうですか」

亀無がさらに突っこんで訊こうとしたが、

「さあ、お嬢さま。町方にとやかく言われることはない。わしらは、金をもらうわけでもないし、ただ、好意で手伝ってやっただけなんですから」

中間はそう言って、娘を急《せ》かした。

「好意で手伝った？　わしらは？　じゃあ、おまえさんが馬を？」

「町方になにか訊かれるなら、もうあいつの手伝いはやめましょう、お嬢さま」

中間がそう言うと、

「そうね。そうしましょう」

と、娘は歩きだしたが、ふと、こっちを振り向き、

「では、ごきげんよう」

お嬢さまはそう言って、手にしていた信玄袋《しんげんぶくろ》をサッと振ると、なんとそれは真っ赤な花束に早変わりしていたのだった。

十二

亀無剣之介が岡っ引きの三ノ助とともに、またも竹林斎天宝の小屋を訪れたのは、この日の夕方だった。

小屋の前には「本日、興行中止」の貼り紙があり、見にきたらしい客が、不満げに顔をしかめて次々と帰っていった。

亀無は裏にまわり、楽屋の戸を開けると、天宝がぼんやりした顔で煙草を吹かしていた。

「よう」

と、亀無は声をかけた。

「ああ、八丁堀の旦那でしたか」

「興行は中止かい？」

「今日はちっとね」

「手伝いがいなくなったんだろ」

「え？」

天宝は目を瞠《みは》った。

「手伝いがいなきゃ、化け猫昇天はできねえもんな」

「手伝いなんていませんよ。どこにいるんですか？」

と、天宝は楽屋を見てくれというしぐさをした。

「ここにはいねえよ。でも、たとえば、この穴は使えるだろ」

亀無はそう言って、楽屋の地面を雪駄《せった》の踵《かかと》でこするようにした。すると、竹の青い幹《みき》が顔をのぞかせた。

「…………」

天宝の顔が強張《こわば》った。

「おいら、あの化け猫の仕掛けもわかったぜ」

「まさか」

「要は、猫は檻が上にあがったところで、巧みに取り換えられた。替わりになったのは、猫の布製の張りぼてみたいなやつで、すごい力で上に引っ張られた。それで、猫は薄っぺらになり、裏の旗本屋敷のほうに飛んでいっちまったんだ」

「…………」

「それを周吉も見破ったんじゃねえのかい」

「…………」

「それで、ネタをばらすと脅されたんだろ」

天宝はいったんうつむき、ゆっくり顔をあげ、

「それだけじゃないんです」

と、かすれた声で言った。

「そっちのお旗本のお嬢さまのことかい？」

「そこまでご存じなので？」

「だって、あの手妻はひとりじゃできねえもの。しかも、人の力じゃ足りねえや。馬の力を借りたんだ。向こうの屋敷から紐を通し、馬にくっつけ、合図とともに走らせたんだ。実際の作業は、あそこの中間に手伝わせたんだろうがな」

「…………」

「そういう仕掛けのすべてを考えたのも、お嬢さまなんじゃねえのか？　そちらのお旗本のお嬢さまは、手妻が大好きなんだってな。じつは、おいらの知りあい

にもいるんだよ。女だてらに軽業だの手妻だのが大好きで、いつも真似してたって人が。旗本のお嬢さまにそういう人がいても、なんの不思議はねえ」

「………」

「それで、その仕掛けを周吉殺しにも応用したんだ。あんた、あそこで浮いたんだろ？」

「………」

「まさか人間が浮くとまでは思わなかったから、周吉もびっくりして、呆然と見つめるばかりだった。使ったのは、その台だ」

と、亀無は楽屋の隅に置いてあった、桶の蓋《ふた》らしきものを指差した。

「朝のうちに確かめさせてもらった。それに刃を取りつけたんだ。刃は始末したが、その台を捨てなかったのは失敗だな。血が洗いきれてなかったぜ」

「ああ」

「殺さなくちゃならなかったのかい？　適当に交渉して、金額で折りあうって道もあったんじゃねえのかい？」

と、亀無は訊いた。殺してしまったら、取り返しはつかないのである。

「あいつは見破ってしまったんです。お嬢さまのことまで。もしも、お嬢さまに手妻の興行を手伝わせてるなんて瓦版が出たら、あっしはお旗本から斬られちまうでしょうが」

「そうか、そっちも怯えたのか」

亀無は何度かうなずいた。

「言っておきますが、あのお嬢さまはなにも知りませんぜ。新しい手妻の工夫《くふう》がしたいからって、あっしを持ちあげてもらっただけなんです。まさか、人殺しの手伝いだったって、言ったんですか？」

天宝は怯えた顔で訊いた。

「いや、お嬢さまにはなにも言ってねえよ」

「よかった。嫌な思いまでさせたら、申しわけねえですから」

天宝はそう言って、頭を掻きむしった。

それから、遠くを見つめるような目をした。

天宝の後ろに座っている三ノ助が、縄をかけますか？　というしぐさをしたので、手のひらを立て、もう少し待つようにと伝えた。

天宝は、なにか思いつめている。捕縛《ほばく》する者として、最期《さいご》の言葉を聞いてやりたかった。

やがて天宝は、

「あっしは地道に、倹《つま》しい手妻をやってればよかったんですかね」

ぽつりとそう言った。

「ん？」

「あっしは、身のほど知らずなことをやっちまったんですかね。大きな仕掛けの手妻で、江戸の人たちをびっくりさせたいなんて、思っちゃいけなかったんですかね」

「そこまではどうかなあ」

亀無は自信なさげに言った。

身のほど知らずというのと、大望を抱くのとは、どうしたって重なりあうのではないか。失敗に終われば、身のほど知らずで、成功すれば大望を抱いたことになる。だが、結果は最初からわかることではない。

「そこへ、手妻のネタを見破る恐ろしく賢いお人が現われ、あっしの手妻の種を見破っただけでなく、もっとすごい手妻がやれると、仕掛けを考えてくれた。すると、今度はそれを見破る悪党がやってきた」

「なるほど」

「それで最後には、町方の旦那が現われて、あっしのしたことをすべて見破っちまった」

「いや、おいらは……」

志保の助けがなければ、いまでもわからずじまいだったかもしれない。おそらく天宝より、少しだけ運がよかったのだ。

「小手先が器用なだけの手妻師が、どういうわけか化け物師になり、あげくは人殺しまでやっちまった。なんだか腑《ふ》に落ちねえ感じですよ。自分が手妻を見ている気持ちですよ」

天宝は自分の手のひらを見つめ、不思議そうにそう言ったのだった。

第二話　殺される町

一

深川の永代寺門前町《えいたいじもんぜんちょう》の料亭〈浜ちょう〉は、鰻《うなぎ》と貝料理と下手なお愛想が自慢の店である。ただ、鰻の味がいまひとつのため、一流とは言いがたいが、地元の商店主や木場《きば》のあるじに便利に使われて、いつもそこそこ客は入っている。

その奥の小部屋で、この店のあるじの長十郎《ちょうじゅうろう》が、ひとりの客を前に下手な愛想笑いを浮かべていた。

「それにしても、たいそうな勢いですね。あたしのような、地味な料亭のおやじには、よくもそれほど資金があるものだと感心してしまいますよ」

と、長十郎が言った。

「まあなあ。いまのとこ、やることなすことうまくいってるからなあ。へっへっへ。おらが思うに、江戸の商人はあんまり商売がうまくねえ」

ぬけぬけとそう言ったのは、丸々と肥えた五十くらいの男である。

いかにもあつらえたばかりという、高価そうな絽《ろ》の着物を着ているが、羽織《はおり》の紐《ひも》と足袋《たび》の色がちょっと吐き気を催す紫色《むらさきいろ》だったりして、上品な感じはまったくしない。

「そうですか、江戸の商人はいけませんか」

長十郎は内心、ムッとしながらも、卑屈《ひくつ》に笑った。

「だいたい、地面の価値を知らねえな。葛飾《かつしか》の百姓が儲《もう》かるのは、地面のおかげ。江戸もそれのおかげなのに、肝心のそこがわかっていねえだよ」

男は、葛飾の豪農なのである。名は、田吾衛門《たごえもん》。名字《みようじ》もあるらしいが、当人も覚えていないくらいの名字である。

このところ、江戸近郊には豪農が続出しているが、田吾衛門は深川でやっている商売がいずれも大当たりしていて、鼻息の荒さでは木場の豪商も顔負けだというう。百姓は農作業をしているだけと思われがちだが、そんなことはない。街道筋に店を出したり、旅籠《はたご》を経営したりしている百姓は少なくない。まして、江戸近郊の豪農ともなると、盛んに江戸へ進出してきている。

「いやあ、田吾衛門さんを見てると、やっぱりそうだったのかと思いますよ。下手すりゃ、この通りのほとんどが、田吾衛門さんに買い取られるんじゃないかと心配する者もいるくらいでしてね」

「だって、おらは、そのつもりだよ。いずれ、通りをぜぇーんぶ買い取って、町の名前も田吾衛門町にするつもりだ」

「田吾衛門町……」

長十郎は、さすがに唖然《あぜん》となった。ここ、永代寺門前町で生まれ育った。その町の名が田吾衛門町に……。

それからひとしきり、田吾衛門は、町の様相をあらたにするという夢を語っていたが、

「おっとっと、そんなことより、さっさと商売の話をしちまうべえ」

田吾衛門は、鰻を食いながら顎《あご》をしゃくった。

「はいはい。じゃあ、これがあそこの地面の権利書です」

と、長十郎は田吾衛門の前に、三枚の書類を広げた。

百坪ずつの土地の権利書で、もう一枚は、これまでの持ち主である長十郎から、葛飾村の田吾衛門に売却したとする念書である。

田吾衛門はざっと目を通し、

「あいわかった。じゃあ、これは代金の二百両だべ」

信玄袋《しんげんぶくろ》から切り餅を八つ出して、無造作に並べた。

「たしかにいただきました」

と、長十郎はそれを塗《ぬ》りの箱に納めると、

「では、あらためて田吾衛門さんのものになった地面を見にいきますか」

と、立ちあがった。

「いや、もうええ。この通りのことは、すっかりわかっとるでな」

「あのときは、昼間だったでしょう。夜見ると、あのあたりの繁盛ぶりがよくわかって、買ってよかったと思いますよ」

「そうかね。じゃあ、ちょっくら眺《なが》めていくか」

ふたりは外に出た。

すでに闇《やみ》が訪れている。掘割に提灯《ちょうちん》の明かりが映って、ゆらゆらと揺れている。

そのうえに、掘端の柳が風に吹かれ、やわらかな影をなびかせていた。

「やっぱり深川の夜はええなあ」

と、田吾衛門は言った。

「葛飾の夜だって、いまごろは螢《ほたる》が飛び交ってきれいでしょうよ」

「あんなものは、色っぽくもなんともね」

「そういうもんですかね」

長十郎は苦笑した。

永代寺門前町の番屋の前を通った。町役人らしき男が立っているのが見えたので、長十郎は手をあげて挨拶《あいさつ》し、

「ほら、あの人が、書類を整えてくれた町役人の忠兵衛《ちゆうべえ》さんですよ」

と、言った。

「そうかい。そんでは、今度、うちのどぶろくでも持ってくっか」

田吾衛門は、ケチくさいことを言った。

通りを進み、川沿いに入る。

「あ」

長十郎が急に立ち止まった。

「どうしたい？」

「さっきの権利書ですが、あたしの署名を忘れました。それがないといけません。ちょっとお返しくださいさい。すぐに戻って、書きこんでからお渡ししますので」

「そうかい。まったく地面買うのはいいが、手続きってのは面倒だな」

ふたたび歩きだし、

「そこです。そこを曲がりますよ」

長十郎は、蔵のあいだの路地を示した。

「あれ？　もうちっと向こうだったべ」

「いや、そこから川沿いに入れますから」

細い路地を少しだけ歩いたとき、長十郎は塀《へい》に立てかけてあった樫《かし》の棒をつかみ、田吾衛門の後頭部をいきなり殴りつけた。

田吾衛門は、声ひとつあげず、あっけなく崩れた。

もう一度殴って、さらに両手で首を絞め、息の根を止める。

長十郎は脈を確かめ、

「よし、死んでる」

と、つぶやいた。

脇に両手をまわし、抱えるように引きずり、掘割の縁から下へ落とした。

どさっ。

と音がした。下につないでおいた舟に落ちたのだ。舟は猪牙舟《ちょきぶね》である。

それから、長十郎は段々を下までおりて、猪牙舟の前と横にかぶせておいた筵《むしろ》を取り、死んだ田吾衛門にかけた。

　これで荷物のように見える。さらに棒《ぼう》っ杭《くい》から綱《つな》を外して、竹竿《たけざお》でぐっと押しだした。

　いまは引き潮どきである。猪牙舟はかなりの速さで、大川のほうへ流れていった。四半刻《しはんとき》もしないうちに、猪牙舟は親を亡くした仔豚《こぶた》のように、佃島《つくだじま》の沖を漂っているだろう。

「どうだ？」

　後ろに男が来ていて、訊《き》いた。さっき番屋にいた町役人の忠兵衛だった。

「ああ、間違いなく息の根を止めた」

「よかったぜ。それだけが心配だったんだ。舟で息など吹き返されたら、おれたちはおしまいだからな」

「そんなしくじりはしねえよ。それより、萬助《まんすけ》はどうしてる？」

　と、長十郎が訊いた。

「今日もへろへろに酔って戻ってきて、いまは高いびきで寝ているよ。明日になったら、なにも覚えてないだろう」

「そうか。それで完璧《かんぺき》だ」

と、長十郎は胸を撫《な》でおろし、

「田吾衛門の野郎、あの通りを全部買い取って、田吾衛門町という名前にするつもりだとぬかしやがったんだ」

「買い占めるだけじゃなく、名前までかよ……葛飾の百姓が」

「まあ、あいつの夢をひとしきり聞かされたが、虫唾《むしず》が走ったぜ」

「想像しただけで、肥溜《こえだ》めに浸《つ》かる気がするよ」

「調子に乗ったバチだよ」

「まったくだ」

ふたりは歩きだそうとしたが、

「しまった」

長十郎が顔をしかめた。

「なんだ？」

「この竿。舟に入れとくのを忘れた」

手にしていた竿を見て言った。

「そんなものはどうでもいい。そこらにうっちゃっとけ」

「そうだな」

長十郎は、その竿を無造作に堀の縁に放り、田吾衛門ですら憧れた深川のさんざめく明かりのほうへと歩きだした。

二

豪農の遺体は、明け方、夜の漁から戻った佃島の漁師が見つけた。島の南側の海を、心細そうに漂っていた。

漁師は最初に、近くにいたお船手組《ふなてぐみ》の船に報《しら》せた。お船手組の同心たちが案内された舟のなかを見ると、男が頭を殴られて死んでいる。

どうもこれは殺しらしい、そんなものはわしらの仕事ではない、と官僚十八番《おはこ》のたらいまわし主義によって、月番である北町奉行所に連絡が行った。

半刻ほどして――。

佃の渡しの小舟に、亀無剣之介が乗っていた。中間《ちゅうげん》の茂三も一緒である。

潮の加減らしく、舟がかなり揺れる。

「おいら、泳ぎはあんまり得意じゃないいんだよなあ」

と、亀無は愚痴《ぐち》った。

「めずらしいですよね。八丁堀の人たちは、子どものころから大川で水練《すいれん》をしているみたいですが」

と、茂三は言った。

「そうだよなあ」

亀無は情けなさそうにうなずいた。

本当は水練をやりたかったのである。だが、水が嫌いな松田重蔵に付き合って、結局、水練はほとんどやらずじまいだった。

なにせ、亀無は子どものころ、変わり者の松田と、その妹の志保と、いつも三人で遊んでいた。

それでけっこう楽しくて、ほかの子どもが入ると、なんとなく調子が合わず、いつの間にか三人だけになっているというのがほとんどだった。

亀無がしばしば変な人扱いされるのは、子どものころから変わり者の松田家の兄妹としか遊ばなかったからではないか……と、そう思ったりする。

そのくせ、松田や志保は、いまでは格別変だとは思われていないのが、納得いかないところである。

そんなことを思っているうちに、佃島に着いた。

死体は、漁船が並ぶところのあいだに、島の嫌われ者みたいにあいだを開けられ、係留《けいりゅう》されていた。

お船手組の同心がいて、

「高井《たかい》松五郎《まつごろう》です」

と、名乗った。日差しを避けるように手ぬぐいを姉さんかぶりにしている。そのせいかどうかは知らないが、お船手組のわりに肌の色は白い。

「亀無剣之介です」

「ご苦労さまです」

「高井さまこそ、ご連絡、ありがとうございます」

堅苦しい挨拶が続いた。

「それで、この猪牙舟なのだがな」

と、高井が先に乗り移った。

「ええ」

亀無も移った。おりたばかりで、また舟に乗るのは気が進まなかったが、しかたがない。しかも、舟を一か所しかつないでいないので、かなり揺れている。

茂三は岸にいるつもりらしく、亀無から離れて、煙草《たばこ》を吸いはじめている。

「ほかに人はおらず、漂っていたのだ」

と、高井は言った。

「ははあ」

「見れば、あきらかに頭を殴られておる。しかも二か所だ」

「へえ」

と、亀無は死体の頭を見た。たしかに真上と右横に、陥没《かんぼつ》の跡がある。首にも絞められたような跡があるが、それは指摘しなかった。

「それでわしは考えた。舟の上で喧嘩《けんか》がはじまり、下手人は櫓《ろ》を外し、それでこの男を殴り殺した。だが、下手人はすでにいなかった。ということは、下手人は別の舟で逃げたか、あるいは泳いでいなくなったか。そのどちらかだろう」

「…………」

高井は真面目に言っているらしい。

「なぜ、死体のほうを海に沈めて、自分は舟で逃げなかったのだ？」

「…………」

「もし、別の舟で逃げたとしたら、もう一艘《そう》の舟で下手人はやってきて、この舟に乗り移り、そこで喧嘩になった。それもなんとなく解せない状況ではないか」

「………」

亀無は黙っている。

「奇怪な殺しが起きたなと、ずっと考えていたのだ。町方はこういう奇怪な謎《なぞ》を解けるのかな。いや、解くのだろうな」

高井はそう言って、亀無を見た。だが顔が、

――そなたに解けるのか？　大丈夫か？

と、語っている。もっとも、そういう顔で見られるのはしょっちゅうなので、亀無は別段、気にしたりはしない。

「ええと、それはですねえ」

と、亀無は困った顔を隠すように、しきり顔を手のひらで撫でまわし、

「考えすぎでしょうな」

「考えすぎ？」

「こういう場合、陸《おか》で殺したあと、死体を舟に乗せて、海へと送りだしたのでしょう」

「あ」

高井は短く叫んだ。

「そうか。その手があったか」

いや、ふつうはそうでしょう、とは思ったが、それは言わなかった。

亀無は死体をひっくり返した。

——ん？

腕も折れていた。殴られるとき、受けようとしたのか。だが、頭の陥没はふたつとも後頭部である。後ろからいきなり殴られたのではないか。すると、腕の骨折はなんなのか。

——陸から舟に投げこんだときのものか。

亀無は、そうあたりをつけた。

絽の上等な着物に、やはり絽の羽織。だが、羽織の紐と足袋が、見ていると痒《かゆ》くなりそうなくらい派手な紫色である。

売れない役者がしそうな恰好だが、顔はどう見ても役者には遠い。よく陽に焼けているが、胸のあたりは真っ白で、土に埋まって顔だけ出していたみたいである。この男からは、江戸近郊の野菜の匂《にお》いがぷんぷんする。

さらに、着物のなかを探った。

巾着《きんちゃく》を見ると、小判《こばん》が十枚以上あった。

「ほう」

後ろで、高井が驚いたような声をあげた。

あとは煙管《キセル》、煙草入れ、根付《ねつけ》など。いずれも、よいものである。

それから舟のなかを見まわすと、殺された男のものかはわからないが、空になった酒徳利がひとつ、櫓の近くに転がっていた。

「物盗りではなかったみたいだな」

後ろで高井が言った。

「いや、それはわかりませんよ」

と、亀無は言った。

「なぜ？」

「もっと大金を奪ったので、それをごまかすため、多少のものは残しておいたとも」

高井に反論しようと、不意に思いついたことである。なんの根拠もない。

だが、

「なるほどなあ」

と、高井は感心したように言った。

「まあ、これらで身元はわかるでしょう」

「そうか」

「あとは……」

と、舟の外観を確かめた。舳先《へさき》と横に、焼き印があった。

「〇に萬の字か。萬州屋《まんしゅうや》とか、萬屋《よろずや》とかの舟かな」

高井が言った。

「いやあ、猪牙舟ですからね。船頭《せんどう》の持ち舟で、萬五郎とか萬蔵の舟なのでしょう」

「そうか。そうだな」

「舟の持ち主もすぐにわかるはずです」

亀無がそう言うと、

「そなた、見かけによらず、鋭いな」

と、高井は感心したように言った。皮肉ではないらしい。

「見かけは駄目ですか？」

「あ、いや、そうではなく」

高井があわてたとき、

「うぷっ」

急にこみあげた。いきなり船酔いに襲われたのだ。

「どうした？」

「あ、いや」

亀無はあわてて口を押えて船べりに行き、しばらくゲエゲエと吐き続けたのだった。

三

案の定——。

舟の持ち主は、その日の昼前にはわかった。亀無より少し遅れて佃島に着いた三ノ助が、深川の船頭たちに訊き込みをはじめるとすぐ、

「そりゃあ、萬助の舟だよ」

と、断言し、

「舟のなかで男が殺されてた？　あいつなら、やりかねねえな」

そう言った。

酔い舟萬助。

深川界隈《かいわい》では、ちょっとした有名人らしい。

船頭で、自前の猪牙舟を持っているが、とにかく酒が好きで、舟の上でもしょっちゅう飲んで酔っ払っている。そのため、漕ぐ舟も、酔っ払いみたいにふらふらする。

客と喧嘩になることも多く、この前は日本橋の旦那《だんな》を堀に叩きこんだ。

「あいつに船頭をやらせるな。深川の恥さらしだ」

という声もあがったが、酒が入っていないときはおとなしく、八幡《はちまん》さまの熱心な氏子《うじこ》だというので、許してもらっていた。

歳は三十二。見た目は、色こそ黒いが、鼻がすっきりと高く、切れ長の目がなんとも涼しげで、じつにいい男らしい。

なんでも母親は、深川の売れっ子芸者だったらしいが、父親はさだかではない。役者じゃないか、という噂《うわさ》もある。

この容姿のおかげで、女にはもてて、いままで三度も女房をもらっている。

なかなか嫁が見つからないという船頭稼業には、きわめて稀有《けう》なことであろう。

だが、三人の女房はいずれも酒癖《さけぐせ》のひどさに愛想を尽かし、逃げてしまっていた。それでも近頃は、深川の年増《としま》芸者が萬助に熱をあげているというから、たいしたものである。

萬助は、富岡《とみおか》八幡宮の門前をしばらく西に行った、蛤町《はまぐりちょう》の裏長屋に住んでいるという。

富岡八幡の神主《かんぬし》が、亀無と三ノ助を案内してくれることになったが、道々、

「萬助がそんなこと、しますかね」

と、首を傾《かし》げた。

「でも、客を堀に叩きこんだんだろ？」

「叩きこんだというより、一緒に踊ってるうちに、落っことしちまったんです」

「踊ってるうち？」

「あいつは誤解されがちなんですが、あきれるくらい陽気な酒なんです。陽気すぎて、客に一緒に唄おうとか、裸になって踊ろうとか、無理難題を言うんですが、殴ったりしたというのは聞いたことありませんよ。きっと誤解です、誤解」

「でも、萬助の舟は桟橋《さんばし》の先のほうに泊めてあって、暗いなかではなかなか舟には近づけないって聞きましたぜ」

と、三ノ助が聞きこんだことを言った。

「そうですか。まあ、馬鹿野郎には違いないんですが」

長屋に着いた。

神主が戸を開けると、萬助はまだ寝ていた。酒の臭《にお》いがひどい。

「この、馬鹿者！」

と、神主が怒鳴って、叩き起こした。

「なんですか、神主さん？」

萬助は寝ぼけまなこで訊いた。

「おめえ、昨夜も酔っ払ってたのか？」

「そうみたいですね」

反省しているようにうなずいた。

「何刻くらいに戻ったんだ？」

「何刻くらい？　そんなことはわかりませんよ」

「最後に乗せた客のことを覚えてるか？」

神主は、さっきまでは萬助をかばうような口ぶりだったが、いざ顔を見たら、下手人と確信したみたいに訊いた。

「最後の客？　そんなのは覚えてるわけありません。どうせ、深川の女郎《じょろう》買いに来た、日本橋あたりの若旦那でも乗せたんでしょう」

萬助がそう答えると、神主はため息をつき、

「町方の旦那方だ」

と、後ろを向いて言った。

亀無が無言でうなずくと、

「おめえの舟で、男が死んでたんだよ。頭を殴られてな」

と、三ノ助が言った。

「おれの舟で人が死んでた？　そんな馬鹿な」

「おめえの舟はどこにある？」

「そりゃあ、いつも泊めておく船着き場にありますよ」

「じゃあ、案内しろ」

三ノ助がうながし、四人で船着き場に向かった。

大川に近い蛤町である。堀が凹《へこ》んだようになって、船着き場が造られている。

そう長くはないが、桟橋もある。

「そこに……」

と、萬助が桟橋の先を指差したが、

「あれ？」

首を傾げた。

「どれが、おめえの舟だ？」

「ええと」

桟橋の両側の杭には、同じような猪牙舟が五、六艘つながれている。だが、そのなかにはないらしい。

「どれだよ？」

三ノ助はさらに訊いた。

「おかしいな。いつも、そこらに着けとくんですが」

と、船着き場の先端あたりを何度も見まわした。

「どうやって見分けるんだ？」

三ノ助が訊いた。

「おれの舟には、○に萬の字の焼き印が押してあるんです。ひと目でわかりますよ」

「そんな舟、ねえだろうが」

蛇《じゃ》の目《め》模様のついた舟はあるが、萬の字は見あたらない。

「どこに消えたんだろう？」

「だから、おめえの舟は、佃島の東の海で今朝、見つかったんだ」

「なんで、そんなところに？」

「そのわけを訊いてんだよ」

「そんなこと、訊かれても……」

「じゃあ、一緒に佃島に来てもらうぜ」

ちょうど流しの猪牙舟が通りかかったので、それを拾った。神主も気になるらしく、一緒に乗りこんだ。

「大丈夫ですか、旦那？　顔色がよくないですが」

三ノ助が、亀無に訊いた。

「うん。どうも今日は調子が悪くて、朝から船酔いがするんだよ」

「ははあ。時化《しけ》のせいで、ここらも波が荒いようですね」

「そうなのかあ」

亀無は、ずうっと手ぬぐいを口にあてている。

なんとか我慢しているうちに、佃島の渡し場に着いた。

中間の茂三が、奉行所の中間と一緒に見張りをしている。

「あ、おれの舟」

萬助がすぐに言った。

「間違いねえな？」

三ノ助はそう言い、さらに筵をめくって、萬助に遺体の顔を確認させた。後ろから神主ものぞきこむ。

「この男を乗せたんじゃねえのか？」

「いやあ、こんな男は知りませんよ」

「知らねえ男も、客だったら乗せるだろうが」

「それはそうですが」

「あっちには酒徳利が転がってるぜ。見覚えがあるだろ？」

酒徳利には、赤い文字で〈甲州屋《こうしゅうや》〉の文字が入っている。

「おれがよく買う酒屋のものです」

「だったら、一緒に乗ったんだろうが」

「え……」

そこへ、神主がたいそうな剣幕で、

「おめえ、また、踊りだの唄だのを強要したんだろう。田吾衛門さんは、唄も踊りもやれないから、怒ったりしたんだろう。いつものことじゃねえか。相手が怖がって、言うことを聞いていたから、いままではこんなことなかったけど、あたしはそのうち、いつかこういうことが起きると思ってたんだ。え？　なんとか言え！」

と、怒り散らした。さっきまでの弁解は、なんだったのか。

「ちっと待ってくれ。神主さん」

亀無が割って入った。

「なんです？」

「あんた、いま、わからない名前を言ったぜ。田吾衛門さんとか」

「ええ。この死んでいる男の名です」

「なんだ、知ってたのか」

「はい。この人は、葛飾郡逆井村《さかいむら》の豪農の田吾衛門さんという人です」

「葛飾の豪農？」

「富岡八幡界隈の地面を買うのに、よく来ていたんです。あたしなんかも、いい地面はないかと訊かれました」

「そうか」

「氏子になったら、たんと寄進もすると言ってくれていたんですが……この馬鹿が、なんてことをしやがったんだ」

神主は萬助の頭を、二度三度とはたいた。柏手でも打ったようないい音がした。萬助もおとなしく、はたかれるままになっている。

「おい、神主さん。まだ、下手人と決まったわけじゃねえよ」

と、亀無は止めた。

それでも、遺体の身元がわかったことは大きい。

逆井村には、八幡宮前の番屋から、田吾衛門の死を報せてもらうことにした。

四

翌日――。

亀無は今日も舟に揺られていた。

ただ、今日は海の上ではなく、竪川《たてかわ》という掘割なので、横槍《よこやり》を入れられるみたいな揺れはなく、なんとか少し機嫌が悪くなるくらいで済みそうである。

「旦那は、萬助が下手人じゃないとお思いなんですね？」

三ノ助が舟の上で訊いた。

「うん。違う気がするなあ。だいたい、ああいうやつが、二度も頭を殴るほど人に対して怒るかね」

萬助は変にいい男で、気弱そうな表情も見え隠れしていた。決して相手の憎しみを駆りたてるような面《つら》つきではない。

「ああ、なるほど」

「巾着の金を見れば、金目当ての線もないし、いままで面識だってなさそうだし、おそらく、あいつの酒癖の悪さを知ってるやつに、罪をなすりつけられたんだろうな」

「ええ。あっしもそう思います」

とはいえ、萬助はいま、茅場町《かやばちょう》の大番屋に入れっぱなしにしてある。

深川八幡の神主の剣幕がひどくて、下手に出そうものなら、町方の評判が悪くなりそうなのだ。町方だって、評判というのは大事なのである。

「旦那。ここらが逆井村ですぜ」

船頭が声をかけた。

「うん。じゃあ、適当に着けてくれ」

亀無と三ノ助は、舟をおりた。船頭には、戻るまで待っていてくれと頼んだ。

葛飾郡逆井村。

竪川が中川とぶつかるあたりの、東に広がる村である。

見渡すかぎり田んぼや畑だが、ここらは江戸の住民のための野菜を作ったり、自前の農作物を利用して江戸で商売をしたりして、豊かな百姓が多い。

近くで畑を耕していた百姓《たがや》に声をかけると、

※

「ここはもう、田吾衛門さんの家だで」

と、言った。

「家なんかないだろうよ」

いちおう並木道にはなっているが、家は見えない。

「家はこの先だで。まっすぐ行けば、そのうち見えてくるだでな」

そのまっすぐというのが、四半里（一キロ）くらいあった。

並木道の脇では、田んぼと畑のほかに、鶏《とり》を放し飼いにしている一画や、深そうな池も点在する。

鶏の世話をしていたのは、若い娘だった。声をかけて訊くと、

「卵を取って、江戸に売りにいくだ。高く売れるでな」

と、自慢げに言った。

「あんたは田吾衛門の娘か？」

と、訊くと、

「おらは、遠い親戚の者だ。田吾衛門おじさんは死んだよ」

まるで、十年も前の出来事のように言った。

やっと家に着いた。

一見、ふつうの大きな百姓家である。屋根は茅葺《かやぶ》きで、右側に馬小屋があり、左側には、馬小屋の三倍ほどもある牛小屋が造られてある。

牛は十頭近くいるらしい。

開いている戸口の前で、

「ごめん」

亀無が声をかけても、誰も出てこない。

「おかしいですね」

三ノ助が首を傾げた。

「葬式《そうしき》でもしてるのかな」

「それにしては、線香の匂いもしなければ、お経の声も聞こえませんね」

「入ってみよう」

土間に入って、もう一度、奥に声をかけても返事はない。

窓をのぞいた三ノ助が、

「旦那。向こうにも家があるみたいですよ」

「え？」

広い土間を横切り、突きあたりの戸を開けると、そこには遊郭造《ゆうかくづく》りとでも言いたいくらいの、二階建ての大きな建物があった。やたらと格子の窓が多く、軒下《のきした》には、大きな提灯がさがっている。

「こっちが母屋《おもや》みたいだな」

なかをのぞくと、ようやく人がいた。

「ごめんよ」

と、声をかけると、

「あいすみません。いま、ごった返してましして」

五十くらいの女が、ぺこぺこ詫《わ》びながら、右から左へと消えた。

どこかから、

「表に安置だべ」

「うんにゃ。あそこは田吾さまが嫌がるべ」

「あっちに置いたら、化けて出るぞ」

「んだが、庄屋《しょうや》だのが来たとき、こっちはまずかんべ」

といった声が聞こえてくる。どうやら、表の茅葺きのほうが、いちおう正式な母屋になっているらしい。

すると、若い女が左から右へ、

「赤飯は炊《た》くんですかい？」

と言いながら、いなくなった。

「葬式に赤飯て、変じゃねえか？」

亀無が言った。

「まあ、縁起直しってことでしょう」

三ノ助が、しかつめらしくうなずいた。

続いて、七十くらいの爺《じい》さんが、

「おらは、家にある線香と蠟燭《ろうそく》を持ってくるだ」

そう言いながら、亀無の横から出ていこうとしたので、

「待て」

腕をつかみ、

「北町奉行所の者だ。話を訊きたい」

と、言った。

「お、おらはなにも知りません」

爺さんは、青くなって逃げようとする。

「おまえはこの家のなんだ？」

「おらは田吾衛門さんの死んだ女房のいとこで、葬式の手伝いにきただけだで」

「誰かわかる者を呼んでくれ」

「はあ」

爺さんは奥に引っこむと、若い坊さんをひとり連れてきた。

――坊さんを連れてこられてもなあ。

とは思ったが、

「田吾衛門のことで、いろいろ訊きたいのだがな」

そう言うと、

「それは無理です。田吾衛門さんは亡くなってしまいましたから」

「そんなことはわかってるよ。殺されたんだ。おいらは、江戸の北町奉行所の者だ。下手人をあげるため、田吾衛門の身辺について、よくわかる者の話を訊きたいと言ってるんだ」

亀無は柄にもなく、強い口調で言った。

「そうですか。まもなく早桶《はやおけ》が来るというので、どこに置いたらいいか、ごたごたしておりまして。少々、お待ちいただいたほうがよろしいかと」

「どこで待てというんだ？」

三ノ助が訊いた。

「どこと訊かれても、あたしの家じゃないですし」

「田吾衛門の部屋は？」

亀無が訊いた。

「たしか二階に。だが、二階には早桶は置きませんよ」

「そんなことはわかってるよ。そこで待ってるから、早桶の置き場所が決まったら、ええと、女房は亡くなっているんだよな……ほかに、もののわかったのを寄越してくれと伝えてくれ」

そう言って、亀無と三ノ助は二階へとあがった。

五

二階にはいくつも部屋があったが、南向きの十畳と八畳の二間続きが、いちばん立派そうな造りである。

「ここだな」

「そうみたいです」

馬鹿でかいうえに、やたらと彫刻をほどこした長火鉢《ながひばち》が置いてあり、とりあえずその前に座った。

「たいした部屋だよな」

と、亀無は苦笑いしながら言った。

欄間《らんま》の意匠《いしょう》だの、襖絵《ふすまえ》は金箔貼《きんぱくば》りの虎の絵だの、百姓が寝起きする部屋には思えない。

「すごいですね」

「いわば、大名百姓って感じかな」

南に向いているが、真ん前には大きな欅《けやき》の木が葉を茂らせているので、直接の日差しはない。

しかも、その向こうを小川が流れていて、涼しい風が入ってくる。

待っていると眠くなってくる。

火鉢の鉄瓶《てつびん》には冷まし湯が残っていて、悪くなっていないので、それを置いてあった茶碗に入れて飲んだ。

「遅いな」

「見てきますか？」

「いや、いいよ」

奥の壁に掛け軸《じく》がひとつ。それが、やけに目立っている。

亀無は立ちあがり、掛け軸の前に行くと、三ノ助も脇に並んだ。

「美人画か？」

「そうですね」

いわゆる浮世《うきよ》絵《え》よりは、ちょっと古くさい感じがする。

描かれている女は、引き目の鉤鼻《かぎばな》、おちょぼ口である。いまの美人画ともつながるが、こんな顔の女が実際にいたら、美人とは思わないのではないか。

ちょうどそこへ、

「たいへんお待たせしました」

小柄な若い男が、姿を見せた。

「ああ、やっときたか」

ふたりが掛け軸の前にいたので、

「それは、田吾衛門さんが大事にしていた絵でして」

と、若い男は絵の説明をした。

「これが？」

「子どものころ、蔵で見つけたんだそうですが、これこそ天女《てんにょ》だと思ったんだそうです」

「天女ねえ」

亀無には、昔の美人の漬《つ》け物《もの》みたいに見える。

「こんなきれいな女を、自分のものにすることが夢だったそうです」

「では、死んだ女房も？」

「いえいえ、ごくふつうの人でした」

若い男は笑って、

「申し遅れました。田吾衛門さんの商《あきな》いの手伝いをしていた、庄作《しょうさく》と申します」

「商いの手伝い？　あんたは、もともと商売を？」

亀無は訊いた。

田吾衛門が商売上手だったというのは、別の人間が助けていたからではないか。

それが、この庄作だったのか。

「いや、わたしは田吾衛門さんの小作人《こさくにん》です」

「そうなのか」

「ただ、算盤《そろばん》と読み書きができるというので、商いのほうの手伝いをさせられておりまして」

「深川あたりじゃ、田吾衛門は商売がうまかったという噂だぜ」

「うまかったと思います」

「あんたが手伝ってたからかい？」

「いや、わたしは命じられるままにやっていただけで、商いはすべて、田吾衛門さんが仕切ってましたから」

「へえ、そうだったんだ。でも、それだけやり手だと、商売敵みたいに田吾衛門を憎んでいるやつもいたんじゃねえのかい？」

「いたかもしれません」

「百姓同士ではどうだね？」

ここらの商売敵が、江戸まであとをつけて殺したというのも、考えられなくはない。

「それはどうでしょう。ここらの豪農は、田吾衛門さんほどではないですけど、皆、商売を手掛けて、それなりに儲かっていると思いますので」

「あんたはどうだい？」

と、亀無は訊いた。

「わたしが？」

「小作人なんか、つれえ立場だろ。それでさらに、商いのことでこき使われていたんだろ？」

「たしかに、ときどき憎しみを覚えることはありました。でも、殺そうなんてことまでは……」

庄作は、哀しそうな顔で横を向いた。

「すまねえな。疑ったりして」

「いえ」

「女のことではどうだい？　後妻はもらってねえのかい？」

死んでからの見た目だが、田吾衛門は女なしではいられない顔をしていた。

「後妻というのはいないのですが、深川になんというか」

「妾《めかけ》？」

「妾なんですが、名前をつまと名づけまして」

「つま？」

「妻も同然ということだそうです」

「………」

悪い冗談を聞いた気分になったが、

「そのおつまさんとやらと、揉《も》め事になったりは？」

と、さらに訊いた。

「さあ、聞いてなかったです」

住まいを訊くと、深川の黒江町《くろえちょう》というところで、川や海が見える景色のいい家だと言っていたらしい。そこは、訪ねてみるべきだろう。

窓辺の机上《きじょう》には、深川の地図が広げてある。

その前に立ち、

「深川の地面を、ずいぶん買い漁《あさ》っていたみたいだな？」

と、亀無は訊いた。

「はい。いままでも、本所とか浅草など、あちこちに地面や店を持っていたのですが、それを一か所に集めはじめていました。深川は、ずいぶんと気に入っていたみたいです」

「地面や店は、どれくらい持っていたんだ？」

「百坪から二百坪の地面を十二か所、店は二十ほどありました」

「はあ、すごいな」

ほとんど大名屋敷ほどの広さの地面を持っていたのだ。

「ん？」

地図には、薄い朱色《しゆいろ》で色をつけたところがある。

八幡宮の一の鳥居《とりい》があるところから、東側一帯。

このあたりは、似たような名前の町が多いが、ここはたしか、永代寺門前町といったはずである。

「この、色を塗ったのはどういう意味だ？」

「さあ、なんでしょう」

庄作には細かい勘定だけを手伝わせ、商売の構想などは語っていなかったらしい。

「庄作さん」

と、階段のところに、さっき見かけた若い女が顔を出した。

「ん？」

「いちおう葬儀の用意が整いましたんで」

「わかった」

と、庄作はうなずき、

「もう、よろしいですか？」

亀無に訊いた。

「ああ、いいよ」

亀無も、ここではたいしたことは訊けない気がしてきている。

下の五十畳ほどもあるような大広間に、葬儀の準備ができていた。田吾衛門が入った早桶も、正面に安置してあり、坊主が三人でお経をあげていた。

表ではなく、こっちの遊郭ふうの家でやることになったらしい。とくに派手な感じはしない。その代わり、広間の後方に並べられたお膳《ぜん》には、食いものが山盛りになっていた。酒は剣菱《けんびし》の樽《たる》が三つも並べられ、夜が近づくにつれ、さぞや盛大な宴が繰り広げられるのだろう。

亀無は庄作に近づき、

「喪主《もしゅ》はどこだい？」

と、訊いた。早桶の脇には誰もいない。

「それが、息子の畑右衛門《はたえもん》さんなんですが、まだ江戸から戻ってないんです。おそらく、知らないままだと思うんですが」

「吉原《よしわら》あたりに居続けか？」

「たぶん」

庄作は、顔をしかめてうなずいた。

「息子も商売を？」

「いいえ。使うほう専門です」

「親父と喧嘩して、殺したってことは考えられねえかい？」

亀無はさすがにまわりをはばかり、声を落として訊いた。

「大きな声では言えませんが……父親を殺したら、吉原に行く金を自分じゃ稼げないというくらいは、わかっていると思います」

「なるほどな」

では、息子の帰りを待ってまで話を訊く必要はなさそうだった。

六

昼過ぎに葛飾郡逆井村から戻ると、亀無と三ノ助は、永代寺参道の蕎麦屋《そばや》で遅い昼飯を食べ、それから永代寺門前町を歩いた。

田吾衛門が色を塗っていたところである。

深川八幡の境内《けいだい》の前にある大きな鳥居は、二ノ鳥居である。

一ノ鳥居は、馬場通りをずっと西のほうに行ったところにある。社殿に向かって右が、永代寺門前東町で、左が永代寺門前町となる。ほかに、永代寺門前仲町もあれば、永代寺門前山本町もあって、かなりまぎらわしい。

門前町は、大島川《おおしまがわ》とも二十間川《にじっけんがわ》とも呼ばれる掘割に接している。この掘割は東の先にある木場につながっているので、筏《いかだ》の往来も多い。

店の多くは、参拝客目あての料理屋や土産物屋《みやげものや》で、真裏が掘割になっている家も少なくない。

亀無は、田吾衛門のところから持ってきた地図を片手に、

「あいつ、まさか、この赤いとこ全部を買い占めようと思っていたのかね」

と、言った。

「それは無理でしょう」

門前町はいくつかの区画に分かれ、全部合わせたら、一万坪くらいはありそうである。

「だよな」

「でも、ほかに持っていた土地の分を合わせると、この一画くらいは、買い占められそうですけどね」

三ノ助は、二ノ鳥居のすぐ右手堀端あたりを指差した。そこは、門前東町ではなく、門前町になっている。

「ああ、ここらだと、ちょうど二千坪分か。うん、これくらいなら、いまだって買い占められただろうな」

荒神宮《こうじんぐう》という神社近くまで行き、路地を入った。

亀無の足が止まった。

「ここは……」

崩れて地面が無くなっている。その先は、大島川で流れも見えている。

呆気《あっけ》に取られていると、向こう岸にちょうど猪牙舟が泊まったので、

「おい、ここはどうしたんだ？」

と、大声で船頭に訊いた。

「十日ほど前、ひどい雨が降ったでしょう。あのときに崩れて、地面がごそっと流されちまったんです」

「人死にとかも出たのか？」

「それはなかったです。もともと表の店の裏庭みたいになってましたから」

「そうだったのか」

表に戻って確かめると、うどん屋と団子屋《だんごや》に休業の札がさがっていた。

その向こうの土産物屋が開いていたので、

「とんだ災害だな」

と、声をかけた。

「石垣が崩れたんですよ。もともと、なんだか近頃、地面がふわふわするとは言ってたみたいですよ」

おやじは、こともなげに言った。ここらでは珍しくないのかもしれない。

「そこの流された土地の持ち主は、誰なんだ？」

と、訊くと、

「そっちに料亭がある長十郎さんという人のものです」

ということだった。

「これじゃあ、田吾衛門の買い占めるという夢もついえたわけだな」

亀無は三ノ助に言った。

「それと、殺されたのと、関係ありますかね？」

「うん。ありそうだよな」

亀無はうなずいて言った。


次に、田吾衛門が深川に囲っていた妾のところへ向かった。

黒江町は、大川沿いの町である。番屋で訊《たず》ねると、海に近いほうの瀟洒《しょうしゃ》な一軒家を教えられ、すぐにわかった。

外から家全体を見て、

「意外にまともな家に住まわしていたじゃねえか」

と、亀無は感心した。

「でも、肝心なのは女ですから」

三ノ助はそう言って、戸を開けた。

「ごめんよ」

「ふぁーい」

奥で、透かしっ屁《ぺ》のような返事がした。

「ふぁーいときたか」

亀無はつぶやいた。田吾衛門の妾を見るのが、なにやら楽しみになっている。

その妾が出てきた。

「…………」

「…………」

亀無も三ノ助も声を失った。

「なんでありんす?」

女が不審そうに訊いた。

「あのう、おつまさんで?」

亀無が訊いた。

「つまでありんす」

「そうでありんすか」

と、亀無はつられて言った。

「田吾衛門さんが亡くなったことは？」

「聞いております」

うなずくと同時に、はらはらと涙がこぼれた。気持ちには、素朴《そぼく》で純なところがあるらしい。

「それで訊きてえことがあって、来たんだがな」

亀無が言った。

「そうですか。まずは、おあがりくんなまし」

おつまは玄関をあがってすぐの火鉢の前に、座布団をふたつ用意した。

「さっき、あちきを見て、なんだか驚いたみたいですが？」

と、おつまは訊いた。

「いやあ、田吾衛門の部屋に掛け軸がかかっていたんだが、おつまさんがその絵に、あまりにもそっくりだったんでね」

引き目、鉤鼻、おちょぼ口。ああいう顔は、絵だからあるもので、実際にはないと思っていた。ところが、絵そのまんまという顔なのである。

鼻の穴はあるのかと、じっと見つめると、ちゃんとふたつある。

「そうですか。あちきはその絵を見たことはないんですが、よく話には聞いていたでありんす」

と、おつまは言った。吉原のありんす言葉らしいが、なんか変な感じがする。もしかしたら、深川女郎あがりが、吉原の花魁《おいらん》だったと思わせたいのかもしれないが、亀無としてもあまり邪推《じゃすい》はしたくない。

「あれは似せ絵だったんだな」

「似せ絵？」

「つまり、あんたそっくりに描いてもらったんだろ？」

「違います。田吾ちゃんが」

「田吾ちゃん……」

「ごめんなんしょ。あちきはいつも、そう呼んでいたのでありんす」

「ああ、そうなの」

「田吾ちゃんは、初めてあちきに会ったとき、子どものころから憧れた美人画にそっくりだって思ったそうです」

「……絵が先なのか。いや、ほんとにそっくりだよ」

亀無がそう言うと、

「しかも、着物からなにから」

と、三ノ助が言った。

派手な蝶々柄《ちょうちょうがら》の着物の裾《すそ》は引きずるくらいに長く、やわらかそうな帯を前で結んでいる。髷《まげ》も結っておらず、後ろでゆるく結んでいるだけである。

しかし、どれも品は最高級という光り具合である。

「ええ。田吾ちゃんは、この恰好しかさせてくれなかったんです」

「そうなのか」

「いないときはどんな恰好でもいいんですが、いるときはかならずこの恰好でした。いまは、喪に服すので、しばらくこれでいようと思ったのでありんす」

「そうでありんすか」

亀無は深くうなずいた。

「殺されたって聞きました」

「そうなんだよ。誰かに恨みを買ってたんだろうね」

亀無はそう言って、おつまの表情の変化をうかがった。

「あちきには見当もつきません。あちきには、ただ優しいだけの人でしたし」

「でも、金にものを言わせて、地面を買い漁ってたそうだぜ」

「そう言われればそうでありんすが、買い叩くとか、騙《だま》すように買いあげるとかしていたわけではないと思いますよ」

「なるほど」

「むしろ、言い値で気前よく買ってあげていましたから。それだったら、地面のことで恨まれることはないと思うでありんす」

言葉は変だが、頭は変ではないらしい。

「じゃあ、誰かの悪口とかを言ったりしてなかったかい？」

「葛飾の悪口は、たまに言ってました」

「どんな悪口を？」

「百姓は、杓子定規《しゃくしじょうぎ》でつまらないとか、変わった人間をつまはじきにするのは料簡がせまいからだとか、米を作るだけが地面の役目だと思ってるとか」

「ふうむ」

なんだかまともな意見にも思えるが、しかし、ときとしてまともな意見が殺される理由になったりもする。

「深川の悪口は聞いたことがないです。深川にはなんとも言えない情緒《じょうちょ》があるし、町を歩いていても退屈することがないって」

「ほう」

「しかも、人間は正直で、葛飾の百姓のほうが、よっぽど裏があって人も悪いって……」

「そんなことも？」

「ええ。だから、なんで田吾ちゃんが深川で殺されたのか、不思議でありんす」

「一昨日だけど、田吾衛門はここに来る予定はなかったのかい？」

「ありましたよ」

「やっぱり」

「地面を買うのでお金を払ったら、そのあと、ここに寄ることになってたでありんす」

「地面を買う？　じゃあ、その分の金も持ってたんだ？」

「ええ。たしか、二百両くらいは」

「二百両！」

亀無は三ノ助と顔を見あわせた。

そんなものはなかった。まさか、亀無が行くまでに、誰かが抜いてしまったのか。いや、そんなことはない。

あの晩、田吾衛門はそれを使って、地面を買ったのだ。

「どこの土地を買ったんだろう？」

「そりゃあ、門前町でありんすよ。田吾ちゃんは、あの町を買い占めたいって、ずっと言ってたでありんす」

おつまがそう言うと、

「旦那」

三ノ助が亀無を見た。

「ああ」

三ノ助の言いたいことはわかった。

さっき見た、流されてしまった地面。無くなってしまった地面を、買わされたのではないか……。

そして、その詐欺《さぎ》を隠すために、田吾衛門は殺されてしまった。

「長十郎って知ってるかい？」

と、亀無は訊いた。

「浜ちょうの？」

「浜ちょう？」

「門前町で、料亭をしてるんです。あちきも一度、食べに連れていってもらいましたよ」

「じゃあ、そうかな」

「長十郎さんからも、地面を売ってもらうとは言ってましたっけ。あの晩のがそれかどうかは知りません」

いや、あの晩のがそれだったのだ。

亀無は、三ノ助を見た。

「長十郎のところに行きますか？」

「うん。その前に、門前町の番屋に行ってみよう。地面を買うには、いろいろ手続きがいるんだ。町役人のところに書類があるはずだ」

亀無は礼を言い、帰ろうとすると、

「田吾ちゃんは、少年のような男でありんした」

おつまがぽつりと言った。

「そうなの」

「金持ちになって、あの絵のような女をものにしたいという夢に向かって、まっしぐらに進んできたのでありんす」

「そうだったのか」

だが、夢の最後には、後頭部を二度も殴られ、とどめに首まで絞められて殺された。

なんとも哀れな話ではないか。

七

「田吾衛門の件を担当しているのは、北町の亀無って同心らしいぜ」

町役人の忠兵衛が、いま買ってきたばかりの心太《ところてん》をすすりながら言った。

ここは、永代寺門前町の番屋である。

忠兵衛の前には、浜ちょうの長十郎がいて、同じように心太をすすっている。

長十郎と町役人の忠右衛門は幼馴染《おさななじ》み同士で、こうしてしょっちゅうお互いのところに出入りしているのだ。

「亀無？　ちぢれすっぽんだ」

と、長十郎は言った。

「なんだ、そりゃ。綽名《あだな》か？」

「ああ。しつこくて、食いついたら離れないって聞くぜ」

「なあに、ただの抜け作だよ。見ればわかるさ。ちぢれってのは髪の毛で、すっぽんは、名前の亀からきているだけだよ」

「会ったのか？」

「田吾衛門が死んだことを、ここから葛飾の逆井村に伝えてくれって言ってきたんだよ。人手がないって断りたかったけど、神主も一緒だったんでな」

「そうか」

「神主が憤慨《ふんがい》するのを、一生懸命に宥《なだ》めてた。まあ、人間はいいかもしれねえが、同心としてはまずいんじゃないの」

「人がいい同心かよ。ありがてえな。八幡さまのお情けだ」

「まったくだ。あっはっは」

ふたりは声をあげて笑った。

そのとき――。

「ごめんよ」

と、ちりちり頭の町方の同心が入口に立った。

「あ」

忠兵衛が、笑って開けた口を閉じられなくなった。まだ飲みこんでなかった心太が、だらだらと、死んだ蛆虫《うじむし》みたいにこぼれ落ちた。

噂をしていた男が急に前に立つと、やはりびっくりするものである。

「ん？」

亀無が、どうした？　という顔で忠兵衛を見た。

「あ、いや、なにか御用でしたか？」

「うん。一昨日、舟の上で殺されてた葛飾の田吾衛門のことなんだけど」

「ああ、はい」

「田吾衛門は、ここらの地面を買い取っていたみたいだな」

「そうですが、ここだけじゃなく、本所や浅草のほうにも持っているらしいですよ」

「それがな。田吾衛門のところで聞いてきたんだが、いままで持っていた本所や浅草の地面は売り払い、深川の地面をもっぱら買ってたらしいんだ」

「ははあ」

と、忠兵衛は当たり障《さわ》りのない返事をした。

「それで、これは田吾衛門の部屋の壁に貼ってあった絵図なんだけど、ここらが全部、赤く塗られているだろ。もしかして、田吾衛門はこの通りを、ずうっと買い漁ろうとしてたんじゃないかと思ったわけよ」

亀無は懐《ふところ》から出した地図を、忠兵衛に見せた。

「へえ」

忠兵衛はのぞきこんだが、脇にいた長十郎はそっぽを向いている。亀無は、ちらりと長十郎を見た。

「でも、できねえよな？」

「え？」

「できねえよ。だって、ここんとこが十日前の長雨のとき、土砂崩れが起きて、流されちまったじゃねえか」

亀無は、地図の一部を指差して言った。

すると、それまで黙っていた長十郎が、

「ええ、そうです。そこはもともと、あたしの土地だったんですから」

と、脇から口を出した。

「あ、そうなの。あんた、浜ちょうの長十郎？」

亀無は目を丸くして訊いた。

見れば見るほど、まるで気合の入らない、すっとぼけた顔である。

「ええ、長十郎ですが」

「田吾衛門はここを買いたかったんだろ？」

「ここを？」

長十郎は、どう答えればいいか、一瞬、迷った。

「そう言ってたぜ。田吾衛門の妾のおつまが」

「ああ」

「おつま、知ってるだろ？」

「そういえば、店に来たことがあるような」

「うん。そのおつまが、田吾ちゃんは長十郎さんから地面を買うと言ってたんだとさ」

亀無はそう言って、じいっと長十郎を見つめた。

「あ、そうです。あの流された地面が欲しいと言ってました。でも、流されたことを田吾衛門さんにも伝えますと、がっかりしてました」

「伝えたの？　いつ？」

「一昨日の晩ですよ」

「ああ、あんた、田吾衛門と会ってたんだ」

「そうなんですよ。でも、翌日、萬助に殺されたっていうから、びっくりしちまって」

長十郎はそう言うと、ちらりと忠兵衛を見た。忠兵衛はうつむいて、長十郎の話にうなずいている。

「そうか。それで、そのあと田吾衛門はどうすると言ってた？」

「舟でも拾って帰ると」

「そうなの？」

「それで、運悪く酔っ払った萬助の舟を拾ってしまったんでしょう」

「でも、おつまはあの晩、自分のところに泊まることになってたと言ってたぜ」

「そうなんですか。いやあ、妾のところに泊まるとは、おそらく言いにくかったんでしょう」

「じゃあ、なんで萬助の舟に乗ったんだ？」

「さあ。あたしにそんなことはわかりませんよ」

長十郎は苦笑し、心太をすすろうとした。だが、器は空である。いつ食い終えたのかもわからなかった。

「教えてやろうか？」

と、亀無は言った。

「は？」

「田吾衛門は殺されたあと、萬助の舟に乗せられたんだ。萬助が、いつもへべれけで舟を漕いでいることを知っているやつにな。萬助が殺したんじゃねえよ」

亀無はそう言って、長十郎と忠兵衛に目を合わせると、頭を掻《か》きながら番屋を出ていった。

それを呆気にとられたように見送って、

「おい、ほんとにあいつは抜け作なのか？」

と、長十郎は訊いた。

「抜けてはいないかも……」

忠兵衛は自信なさげに言った。

「だが、大丈夫だ。あの舟は萬助のものだし、おれたちはあの晩、あいつの舟になんか、まったく近づいていないんだから」

長十郎がそう言うと、

「そうだ、そうだ。おれたちに疑いがかかるわけがねえ」

忠兵衛はうなずきながら言った。

八

亀無が八丁堀の役宅に戻ってくると、隣の松田家の前で、志保がなにか撒《ま》いているところだった。

「志保さん。季節外れの節分《せつぶん》かい？」

「ふふっ。そうじゃないの。いま、うちの地面の一部に貸家を造らないかって男が来ていて、兄が怒って塩を撒けって」

「貸家？」

「なんでも、絶大な人気がある松田さまのところに、女だけを住まわせる長屋を造ったら、高い家賃が取れて、めちゃくちゃ儲かりますよって」

「へえ」

「そしたら、わしのところの地面は、職務をまっとうするため幕府からお預かりしているもので、金儲けなどするためのものではないって、すごく怒ったの」

「なるほどなあ」

松田重蔵が言ったのは、まさに正論である。

だが実際は、敷地のなかに貸家を造って、店子《たなこ》を住まわせている与力や同心は、ずいぶんとたくさんいる。

「北島町のほうで、大家をしてる人で、べつに悪気があって来たわけでもなさそうだったんだけどね」

「へえ」

「あ、あの人よ」

志保が指差したほうに、頭が薄くなった六十くらいの男がいた。

「ちょっと訊いてみよう」

亀無が男に歩み寄ろうとすると、

「剣之介さん。まさか、お宅の地面を貸したいの？」

志保が驚いたように訊いた。

「違う、違う。ちっと地面の売買で訊きたいことがあったんだよ」

と、亀無は男に近づいた。

「よう、北島町の大家さん」

「え？」

「訊きてえことがあってさ。江戸の地面のことなんだけどさ、最近、売り買いだの貸し借りだのが流行ってるのかい？」

「ああ、はい。そうなんですよ。なんか、ペルリが来て以降、世のなかがバタバタしてますでしょう。どこかのお大名が、下屋敷をひとつ、空にしたらしいんです。すると、なんか、そわそわした気分になるんでしょうね。地面を売ったり買ったり、貸したり借りたりというのが、急に多くなってるみたいです」

「そうなると、いろいろ面倒なことも多くなるんだよな」

「そうなんです。そういうときはかならず、どさくさにまぎれてひと儲け、というやつが出てきますからね。あたしの知りあいでも、図面を見て買ったはいいが、実際は使えない崖地《がけち》だったというのがいますよ」

「崖地をな」

もしも長十郎が、あの地面が流されたことを教えないまま、田吾衛門に売りつけていたら、死んでもらいたいと思うことだろう。

だが、地面の売買には町役人の承認がいるし、書類もいる。それは持っていなかった。

——ということは、町役人の忠兵衛もつるんでいる……。

ふたりが協力しているのであれば、犯行の証明はきわめて面倒になる。

「ふう」

亀無はため息をついた。

九

翌日は、あの晩の長十郎と忠兵衛の動きを徹底的に調べることにした。

萬助が舟をつないでいる、蛤町の船着き場。そのあたりで、ふたりの姿を見た者はいないか。

また、同じ深川といっても、門前町と蛤町は、けっこう離れている。どこで田吾衛門を殺したにせよ、行って帰ってくるのは、そう簡単ではない。

ずいぶん大勢に訊いてみたが、

「あの晩は、長十郎さんも忠兵衛さんも、ずっとここらにいましたよ」

と言うのである。

「ここらに？」

「ええ。番屋の忠兵衛さんのところに行ったり、そこの飲み屋のおりきちゃんのところで騒いだりしてました」

「忠兵衛のところにね。長十郎と忠兵衛ってのは、仲がいいんだろう?」

「そりゃあ、ふたりとも同じ歳で、子どものときから遊んでましたからね。あのふたりは気が合って、いつも一緒でした」

「変人同士か?」

思わず、松田家の兄妹を思いだした。

「変人? そうでもないですよ」

「おりきちゃんも幼馴染みか?」

幼馴染みと聞くと、亀無はどうしても、三人一緒の場面を思い浮かべてしまう。

それは懐かしくもあり、忘れたくもなる過去である。

「ああ、おりきちゃんは違います。去年、川向こうの小網町《こあみちょう》から引っ越してきて、店を持ったばかりですから」

そのおりきのところに行くと、

「あの晩は、ずっとここらにいました。ちょうど、まもなくはじまる両国場所のことで、誰が優勝するかで賭《か》けをしてて、それで大騒ぎだったんです」

「ふうん」

門前町から、蛤町まではおよそ六、七町（七、八百メートル）ほど。走って往復しようと思えばできなくはないが、そのあいだには、いくつか番屋もあれば、橋番がいるところもある。

三ノ助が訊いてまわったが、

「旦那、誰も長十郎はもちろん、急いで往復していたやつも見ていません」

と、いささかくたびれた顔で言った。

「舟を使ったんじゃねえか。殺した田吾衛門を、舟で蛤町の船着き場まで運び、舟で引き返したら？」

「それは、あっしも考えました。でも、駄目なんです」

「なんで？」

「あの晩は、時化になっていて、引き潮の流れが速く、蛤町からさかのぼるのは、容易なこっちゃなかったって。船頭が言うんだから、あのふたりにはとても無理でしょう」

「そうかあ。あいつら、くさいんだがなあ」

「ええ」

「金を奪ったことと、萬助の舟のところまで行ったことが証明されないと、長十郎と忠兵衛の犯行だと断定することはできねえよなあ」

亀無は頭を抱えた。

十

亀無が疲れて役宅に帰ってくると、志保がいて、

「剣之介さん。戻ったらきてくれって、兄が」

と、すまなそうに言った。

「ああ。そろそろ呼ばれるだろうとは思ってたよ」

亀無は着替えもせず、松田家を訪ねた。

「剣之介。腹は減ってないか？　うどんがある」

「いや、減ってないです」

また、あのうどんを食わされるのはごめんである。

「そうか。じゃあ、おれは減ってるので、悪いが食いながら話を聞かせてもらうぞ。例の葛飾の豪農殺人事件は、どんなことになってる？」

松田重蔵は、女中が運んできた特大のどんぶりを持ち、うまそうにうどんをす

すりはじめた。葱《ねぎ》や豆腐《とうふ》、椎茸《しいたけ》に蒲鉾《かまぼこ》などもいっぱい入っていて、かなりうまそうではある。

「ええ、じつは……」

亀無はざっと、これまでわかったことを語った。

すると、松田はたちまち状況を理解したらしく、

「そりゃあ、長十郎のしわざだ。忠兵衛もつるんでいる。見え見えの犯行だ」

と、言った。

松田は、状況を把握《はあく》する能力は優《すぐ》れている。途中で問い返したりもせず、一度聞けば、ほぼ完璧に理解してしまう。それは、感嘆《かんたん》するくらいである。

ただ、問題はそこからなのだ。

「ですが、あの晩、ふたりは萬助の舟があったあたりには、いっさい近づいていないんです。ずっと、門前町界隈でうろうろしていたのは、大勢の人間が見てるんです。というか、たぶん、見せていたと思うんですが」

「そうに決まっているさ。亀無。それは、往復に舟を使ったんだ。掘割のなかなんて、夜は見えなくなってしまうからな」

「それは、おいらも考えました。ですが、潮の関係で、それは無理みたいなんで

す。あの晩は、ひどい時化でした」

「舟を漕いだと思うから駄目なんだ。舟を歩いたんだ」

「舟を歩いた？　義経《よしつね》の八艘跳《はっそうと》びみたいに？」

「馬鹿。あんなものは物語だからできるのだ。実際にできるわけないだろう」

松田は鼻でせせら笑った。

「では、どうやって？」

「板を一枚、持っていればいいではないか。あらかじめ、舟をずうっと並べておくのさ。それで、その舟に板を渡しながら歩いていくわけだ。それなら簡単に、門前町と蛤町のあいだを行き来できるではないか」

「田吾衛門を担いで？」

「田吾衛門も一緒に歩くんだ。そこは、うまいこと言ってな」

「はあ」

着想としてはおもしろい。

しかし、それは無理である。

大島川にそれだけの舟を並べるなんてことは、そうそうできないし、橋の下あたりならば、橋番や誰かが見ているに違いない。しかも、田吾衛門は、見え見えの口車に乗るような男ではなかったはずなのだ。

だが、松田は自分の推理に満足し、

「うまいなあ、今日のうどんは。向こうのうどん屋から、打ったやつを買ってこさせたんだが。こんなうまいうどんは、ひさしぶりだ」

ずるずると音を立ててすすった。

「え」

それを早く言ってくれたら……。

と、亀無は恨めしげに、残り少なくなったうどんを見つめていた。

十一

翌朝――。

亀無は、茅場町の大番屋に向かった。萬助はまだ、ここの檻に閉じこめられている。

ただし、下手人でないかもしれないので、旅館とまではいかなくても、自分の家にいるくらいのことはしてやってくれと伝えてあった。

「よう」

亀無が声をかけると、

「あ、旦那。あっしは、やってませんぜ。信じてくださいよ」

と、ぽろぽろと涙を流した。数日、酒を断っているせいか、顔色もよく、こうしてみると、やはりいい男である。なぜ酒に溺《おぼ》れることになったのか、不思議な気がする。

「うん。そのために毎日、いろいろ調べているんだよ。ところで、あの日、おめえが舟を出すときなんだけど、なにか妙なことはなかったかい？」

亀無は檻に寄りかかるようにして訊いた。

「妙なこと？」

「なんでもいいんだ。近くに誰かがいたとか、知らないやつに声をかけられたとか」

「あ、そういえば……」

と、萬助の瞳の奥でなにかが光った。

「どうした？」

「なんか、舟の感じが違ってました」

「舟の感じ？」

「ええ。こう、立って、櫓を漕いだとき、なんかいつもと手ごたえが違ってたみたいだったんです。それで、おや？　と思ったんです」

「じゃあ、おめえの舟じゃなかったんだろうが」

亀無は、ぱしっと手を叩いて言った。

「いやあ、あっしの焼き印があったから、あれはやっぱりあっしの舟でしたよ」

「焼き印がな」

そうだ。〇に萬の字の焼き印が押してあったのだ。

「あ、それとですね。竿が違ってました」

「竿が？」

「ええ。こうやって、舟を岸から押しだすときに使うやつですよ。握った感じが、変にさらさらしてましてね。あっしのは酒が染みついているせいか、握ったとき、ちょっとべたつく感じがするんですよ」

「なるほど。そりゃあ、いい話を聞いたかもしれねえぜ」

亀無は茅場町の大番屋を出て、急いで深川に向かった。

それから、深川門前町の消えた地面のあたりを、つぶさに歩きまわった。

せまい路地に入ったときである。

――ん？

塀の下、大島川の手前に、竿が落ちていた。

長さは二間ほど。なんの変哲《へんてつ》もないが、使いこんだ竿である。

なんだか、病《やまい》でもうつりそうで、臭《くさ》そうな感じさえしている。

――もしかして……。

できるだけ触らないように、手ぬぐいを使って、真んなかあたりで吊りあげるようにした。

それを持って、急いで茅場町の大番屋に引き返し、萬助に確認した。

「これは、あっしの竿ですよ」

「やっぱり」

なぜ、田吾衛門の遺体があった、あの舟にはなかったのか。

「やっと、手口が見えてきたぜ」

と、亀無はホッとしたように言った。

十二

その翌日――。

亀無剣之介は、深川の永代寺門前町に行くと、浜ちょうの長十郎と、町役人の忠兵衛を呼びだした。

亀無の後ろには、岡っ引きの三ノ助に、中間の茂三のほか、奉行所から駆りだされた身体の大きな中間ふたりもいた。

「どこへ行くんですか？」

長十郎は不満そうに訊いた。ちょうど仕込みの最中だったらしい。

「萬助の家の近くまでな」

そう言って歩きだした。

蛤町まで来て、掘割の段々をおりた。

「旦那、なにか誤解してるんでは？」

長十郎の問いかけを無視して、

「ここだよ」

　亀無は、船着き場の桟橋を指差した。

「ええ」

「萬助はいつも、そこに舟をつないで、すぐ近くの長屋に帰るんだ」

「ああ、そうですか」

「あの日も、昼近くなってから自分の舟を出して商売に行き、暮れ六つ過ぎに帰ってきた。いつものように、へろへろに酔っ払ってな。それを配達に来た蒲鉾屋の手代《てだい》が見ていたんだ。しかも、そのあと店を閉めるとき、田吾衛門が門前町のあたりを歩いていたんだと」

　亀無がそう言うと、三ノ助が後ろでうなずいた。三ノ助がつかんできた重大な証言だった。

「そうなので」

「おかしいだろ？　萬助が戻ったとき、田吾衛門はまだ生きてたんだぜ」

「じゃあ、萬助はまた舟を出したんじゃないですか？　あたしは、そんなこと言われても知りませんよ」

　長十郎はそっぽを向いた。表情がずいぶん硬い。

「なあ、長十郎。消えた地面を売ったんじゃないのかい？」

「…………」

「あんた、田吾衛門の土地漁りを非難してたけど、自分も買ったんだよね。次の日に、向こうの佐賀町《さがちょう》の地面を二百両で買ってたよな」

「え」

後ろで三ノ助が、佐賀町の番屋から借りてきた書類をひらひらさせた。三ノ助は昨日、遅くまで深川一帯を飛びまわっていたのである。

「その金、どうしたの？」

亀無は訊いた。

「それくらい持ってましたよ」

「でも、金がないので買えないって言ってたって。それが急にできたんだ？」

「なんとか掻き集めたんですよ。だいたい、旦那は誤解してますよ」

「なにが？」

「あの流れた地面は、当然、町が修復するんですぜ」

「そうなの？」

亀無は意外そうに訊いた。

「そりゃそうでしょうが。しかも、今度は石組を頑丈《がんじょう》なものにして、二度と流されないものにしますよ。あたしの地面は、安泰なんです。そりゃあ、多少の時間はかかりますが、それで田吾衛門が損することはないんですよ」

「………」

雲行きが変わった。

「じゃあ、それはいいや」

と、亀無は矛先《ほこさき》を変えようとすると、

「しかも、あの晩、あたしはこんなところに来ていませんぜ」

と、長十郎は食ってかかるように言った。

「あの晩はな。でも、そちらの町役人さんは、次の日の朝、釣りに出たらしいね。見てたやつがいるんだぜ」

「それがなにか？」

忠兵衛は居直った口調で訊いた。

亀無は、ひとつ大きく息をして、さあ、ここから本番だというように、

「ここに五艘の舟がもやってあるよな。おいらたちは、舟の持ち主を捜したんだ。そしたら、四艘は見つかった。だけど、この舟の持ち主だけは見つからねえ。この舟のな」

と言って、その舟に近づき、足で蹴った。

「………」

「おいら、考えたんだ。もしかして、ほんとの萬助の舟は、あっちの門前町のほうに隠してあったんじゃないかとな。それで、萬助に罪をおっかぶせるのに、向こうで田吾衛門を殺し、隠しておいた萬助の舟に乗せて、大川のほうへ送りだした。あの晩は、ちゃんと引き潮どきだってことは、深川っ子なら知っていただろうからな」

「………」

「つまり、萬助はあの日一日、偽《にせ》の自分の舟に乗ったんだ。小細工がなされて、〇に萬の字が入っていたから、すっかり騙された。それがこの舟なんだ」

亀無は、ぱんぱんと舟の横を叩き、

「でも、それは」

長十郎は舟の横を見ている。

「黒丸をもうひとつの丸で囲んだ二重丸だよな。蛇の目模様ってやつだ。でも、萬の字を丸でつぶせば、これになるだろ。町役人さんが、焼き鏝《ごて》を使って焼いたんだろうな」

「そんなことしてませんよ」

忠兵衛は力のない声で言った。

「でもな、やっぱり焼きが甘かったんだ。いいか、ここんとこの焦《こ》げのとこを、こうしてちっとずつ爪で削《けず》ってみるぜ。ほおら、うっすらと萬の字の一部が見えてくるだろ」

実際、漢字の一部らしいかたちが浮かびあがっている。

「それで、おいらたちは、この舟の元の持ち主を捜したんだよ」

「え？」

長十郎の顔色は真っ青だった。

忠兵衛は泣きそうだった。

「苦労したよ。この岡っ引きなんざ、昨夜はほとんど寝てねえんだ。おかげで見つかったよ」

亀無は後ろを見て手をあげ、

「とっつぁん。来てくれよ」

と、声をかけた。

少し離れたところにいたらしい、陽に焼けた年寄りが姿を見せた。いかにも、つい最近まで船頭をしていたという風貌《ふうぼう》である。

「とっつぁん。あんたがその舟を売ったのは？」

「そちらの人です」

年寄りは、長十郎をまっすぐ指差した。

「ううっ」

長十郎が船着き場の段々のところで、膝《ひざ》を落としてへたりこんだ。同時に、忠兵衛も、頭を抱えてうつむいた。

こんな細工をしたことがばれた以上、どうしようもないと観念したのだろう。

亀無はふたりの様子を見ながら、

「でも、不思議だ。あんた、さっき言ったけど、あの土地は修復するんだよな？」

と、訊いた。

「そりゃあ、するでしょうが……」

長十郎は不貞腐《ふてくさ》れた声で答えた。

「だったら、ない地面を売ったわけじゃねえよな」

「違いますよ」

「正当な取引なら、なんで田吾衛門を殺さなきゃならなかったんだ？」

亀無の問いに、長十郎は顔を歪め、

「あいつはね、おれたちが生まれ育ったあの町を買い占めて、全部てめえのものにしようとしたんです。それどころか、町の名前を田吾衛門町にするつもりだったんですぜ」

その顔が赤くなって膨らんだ。激しい怒りが、こみあげているらしい。

「田吾衛門町にな」

「そんなの、許せるわけねえでしょうよ」

「…………」

亀無などは、たかが町の名前だろう、という気がしてしまう。

たとえば、亀無が生まれ育った八丁堀が、八丁味噌堀《はっちょうみそぼり》だろうが、たこ八丁堀になろうが、べつにたいしたことはない。

だが、長十郎は拳《こぶし》を握りしめ、

「そうなったら、深川祭りのときも、おれたちは田吾衛門町から神輿《みこし》を出さなきゃならねえ。その神輿も替えたいと、野郎は言ってたんです。野菜をかたどったような飾りもつけたいとか。大根だの牛蒡《ごぼう》だの担ぐことになるんですぜ。野郎が考えると言ってたから、どうせ肥桶《こえおけ》みてえな神輿になるんです。肥桶担いで、おれたちは深川をねり歩くんですかい？」

「ううむ。それは……」

考えすぎのような気がするが、長十郎の剣幕を目のあたりにすると、それも言いにくい。

長十郎の脇で、忠兵衛が、

「これは深川っ子じゃねえと、わからねえんだと思います」

と、いかにも町役人らしい口調で言った。

「そうかね」

そこは、いくらも交渉というのができたのではないか。殺してしまったら、取り返しはつかないのだ。

だが、長十郎は忠兵衛と顔を見あわせ、悲痛な声でこう言ったのだった。

「……おれたちの町が、葛飾の百姓に殺されるところだったんです。だから、おれたちは野郎を殺したんです」

第三話　相棒殺し

一

深夜――というには少し早いだろう。

十三日の月が照っているが、ときおり雲に隠れたりする。忍び逢いには、おあつらえ向きの夜である。いま月は、雲から出て、地上に濃い影を刻んでいる。

神田川に架《か》かる和泉橋《いずみばし》の手前である。

「えいほ、えいほ」

と、駕籠《かご》がさしかかった。

大名が乗るような漆塗《うるしぬ》りの豪華《ごうか》な駕籠ではない。犬小屋に近い、簡単な造りの町駕籠である。

担いでいるのは、寅蔵《とらぞう》と竜次《たつじ》。

もう十五年近く、一緒に駕籠を担いできた。どこか似た顔立ちで、よく兄弟に間違えられるが、血のつながりはない。

右手には柳原《やなぎわら》の土手が盛りあがっている。左手は大名屋敷。暗くひっそりとしているが、しかしそれは一町ほどの距離で、すぐに人通りのあるところに出る。

ところが——。

「げっ」

寅蔵が突如、足を止めた。

「おっと」

竜次がつんのめりそうになった。

「どうしたの？」

駕籠のなかから女の声がした。

「出た！」

寅蔵が、低いが、緊迫《きんぱく》した声で言った。

「まさか、辻斬《つじぎ》りかい？」

「女将《おかみ》さん、逃げてください。あっちに辻番がある」

寅蔵は後ろを指差した。

「ひぇえ」

五十くらいの小太りの女が駕籠のなかからまろび出て、左手に見える明かりのほうへ逃げた。ほとんど這《は》うような恰好である。

竜次もいったんは逃げようとしたが、ふと周囲を見まわして、

「寅よ。どこに辻斬りがいるんだよ？」

と、訊《き》いた。

あたりはひっそりしていて、怪しい人影もない。頭上の木々が、生ぬるい風にあおられ、さわさわと鳴っている。

「ここだよ」

寅蔵がいつの間にか、刀を持っていた。仕込《しこ》み杖《づえ》みたいな刀で、さっきまでそんなものは持ってなかったはずである。

「なんのつもりだよ」

竜次はいったん笑いかけたが、寅蔵の形相《ぎょうそう》に笑いははじけ飛んだ。

「死んでもらうぜ」

いきなり斬りつけた。

「うわっ」

竜次は避けようとしたが、鎖骨《さこつ》のあたりを斬られた。背中を向けて逃げようとする。

ひと太刀では倒れないので、寅蔵が二度、三度と斬りつけると、竜次の身体はそのつど、くるくるとまわった。

背と頭と腋《わき》の下《した》を斬られ、ついに倒れたところへ、寅蔵はのしかかるようにして、とどめに腹を刺した。

荒い息を吐き、苦しげに顔を歪《ゆが》めながら、寅蔵は急いで自分の腕を斬り、刀をさっき取りだした木の陰《かげ》に隠した。

向こうから提灯《ちょうちん》の明かりが、駆け寄ってくる。

寅蔵はあわてて地べたに倒れこんだ。

「おい、大丈夫か？」

辻番の武士がやってきたのだ。ふたりだが、どちらも若くはない。

ふたりとも刀は抜かず、それぞれ捕物道具の刺股《さすまた》と突く棒を手にしている。

「つ、辻斬りが」

と、寅蔵は怯《おび》えたような声で言った。

「どっちに逃げた？」

「あっちです」

和泉橋のほうを指差した。

見ると、すごい勢いで駆けていく影が見えた。遠目にだが、刀を差し、袴《はかま》を穿《は》いているのはわかる。町人ではない。

「追うか？」

「無駄だろう」

すでに橋を渡り終えている。追っても追いつきそうになかった。

やがて、近くから番屋の者たちも駆けつけてきた。

「また辻斬りですか？」

六尺棒を手にした番太郎が訊いた。このところ、神田川界隈で辻斬りが相次いでいるのだ。

「ひとり斬られた。どうだ？」

介抱していた、もうひとりの番士に訊いた。

「駄目だ。死んでる」

番士がそう言うと、

「竜次！　おめえ、死んじまったのかよぉ！」

寅蔵が叫ぶような声をあげた。

「奉行所に連絡します」

番屋から来た町役人が言った。

大名や旗本が出している辻番は、町の治安は守るが、下手人の探索まではしない。番太郎が、町奉行所へ連絡に走った。


半刻《はんとき》ほどして――。

北町奉行所から、同心と中間《ちゆうげん》ふたりが到着した。

同心はまだ若い。ちょうど夜番で泊まっていた早瀬《はやせ》百次郎《ももじろう》という見習い同心である。

いったん臨時廻り見習いとして、亀無剣之介の下についたことがあったが、いまは定町廻りの見習いになっている。どっちにしろ、まだ見習いである。

早瀬は、町役人たちの視線を意識しながら、虚空《こくう》を睨《にら》んで言った。

「おのれ、辻斬り。かならず捕まえてやるぜ」

二

次の晩――。

北町奉行所の同心亀無剣之介は、浅草橋の近くに張りこんでいた。防火用の大きな桶《おけ》の裏である。岡っ引きの三ノ助も一緒だった。

もう一刻ほど、ここにいる。

「出ますかね？」

三ノ助が小声で訊いた。

「出るよ。だんだん間隔《かんかく》も短くなってきてる。自棄《やけ》を起こしてるんじゃねえかなあ。たぶん捕まりたい気持ちもあるんだと思うぜ」

「へえ」

この半月で五件。

いずれも、神田川の両岸。昨日だけは和泉橋の近くで駕籠屋を襲ったが、あとの四件は浅草橋の近くである。

「だいたい、ほんとに捕まりたくないなら、こんなに近いところばかりじゃやらないよ」

「なるほど」

三ノ助がうなずいたとき、女がひとり前を通った。ふらふらした足取りで、鼻唄まじり。ここらに多い、舟饅頭《ふなまんじゅう》と呼ばれる私娼《ししょう》である。そのなかでも、柳原名物みたいな女で、名はおふねといったはずである。

「あいつ、危なくねえですか？」

「斬られたのに女はいねえだろ」

「たしかに」

「女に恨みは持っていないのさ」

と、亀無は言った。

しばらくして、十四、五くらいの小僧が急ぎ足で通った。使いに出たのが遅くなったのだろう。もちろん、辻斬りの噂《うわさ》も聞いているはずである。怖いので、早く帰りたいのだ。もつれるような足取りで通りすぎた。

亀無が動こうとしないので、

「子どももやりませんか？」

三ノ助が訊いた。

「やらないな。辻斬りでむごいことはしているが、おそらく底が抜けたような狂気までは、いってないんだ」

誰でもいいわけではない。選んでやっている。その選び方には、いくらかの慈悲があるし、復讐《ふくしゅう》の気配もある。

続いて、武士の三人連れが通りかかった。大声で、女の品定めみたいなことを話している。だいぶ酔っているらしい。

亀無は、軽蔑《けいべつ》を含んだ視線で三人の動きを追い、

「出そうだな」

と、言った。

「三人ですぜ」

「いや、たぶん辻斬りは自信を持っている。三人いても、いきなりひとりを倒せば、残りはふたりだけだ。本気でやるなら、ふたりくらい圧倒できてしまうさ」

「そんなもんですか」

「ああ、追うぜ」

桶の裏から出て、三人のあとをつけた。

出羽《でわ》鶴岡藩《つるおかはん》の藩邸があり、その前は藩の船着き場になっている。

そのあたりで、うっそりと男が出現した。ちょっとだらけたような動きには、殺気とともに酔っ払いへの侮蔑も感じられる。

「なんだ、きさま？」

三人連れのひとりが言った。

「死んでもらおうかな」

「ほう。きさま、噂の辻斬りか。おもしろい。相手になろう」

真ん中の武士がそう言ったとき、

「おい、辻斬りはさせねえぜ」

と、亀無が声をかけながら近づいた。辻斬りは、いっきに間を縮《ちぢ》めようとした足を止めた。亀無は出鼻をくじいたのだ。

「木《こ》っ端《ぱ》役人か」

辻斬りは、せせら笑うように言った。

亀無が前に出ようとすると、三人連れのひとりが、

「よいよい、町方。わしらが退治してやる」

と、刀を抜き放った。

「誰が、おまえに」

辻斬りはそう言ったと同時に、いっきに前進し、真っ向から頭に斬りつけた。

頭蓋骨《ずがいこつ》が、パカッと割れたみたいに見えた。

「なんなんだ」

真ん中の武士はそう言って、頭から血を噴きだしながら倒れた。自分の大言壮語に照れる暇《ひま》もなかっただろう。

辻斬りは、浮足立ったあとのふたりにも、休まず襲いかかる。

「うぉっ」

逃げ腰になったふたりは、たちまち腿《もも》と腕を斬られ、だらしなくひっくり返った。

かなりの腕である。

亀無はそう言って、左手にまわりこむように接近した。すり足である。低い体勢。剣はまだ抜いていない。

「ん？」

辻斬りの表情から余裕が消えた。

「きえい」

裂帛《れっぱく》の気合とともに、辻斬りの横殴りの剣が来た。

亀無はこれをわずかに身を反らし、ぎりぎりのところでかわすと同時に、剣を抜き放った。

鳳夢想流《おおとりむそうりゅう》の居合。

「ううっ」

辻斬りの左肘《ひだりひじ》あたりから血が飛んだ。

かまわず、返した刀を叩きつけてきたが、勢いは半減している。亀無はこれを受け、押しながら足を飛ばした。

辻斬りは、後ろにひっくり返った。起きあがろうとしたとき、亀無の剣が喉元《のどもと》に突きつけられている。

「もう、やめようぜ」

亀無は言った。

三

辻斬りは、茅場町の大番屋に入れることにした。

取り調べがはじまったのは、翌朝である。

一見して浪人者《ろうにんもの》には見えない。きちんと月代《さかやき》を剃《そ》っているし、身なりも清潔《せいけつ》そうである。亀無のほうが、よっぽど浪人者に見える。

「どこかの藩士なのでは？」

と、大番屋の町役人も心配した。

「藩士だろうが、大名だろうが、辻斬りだもの」

亀無はさらりと言った。

いわゆる現行犯であれば、町方が捕らえて尋問《じんもん》することに、なにも不都合はない。それでなければ、江戸の治安など守れるわけがない。

亀無が斬った左腕には、晒《さらし》が巻かれている。さらに、後ろ手に縛り、壁際に座らせている。

亀無は、辻斬りの前に立ち、

「名は？」

と、訊いた。部屋の隅《すみ》では、町役人が筆を持ち、話したことは洩《も》れなく書きつけようとかまえている。

「紺野信右衛門《こんのしんえもん》。歳は三十四になった」

と、辻斬りは静かな声で言った。歳は次に訊くつもりだった。

「ご身分は？」

「浪人だ」

「ほう」

「西国《さいごく》にある、春日藩《かすがはん》という小藩の勘定役をしておったが、上役《うわやく》に賄賂《わいろ》のおこぼれをもらったことで、藩から追放された。上役は、なんのお咎《とが》めもなかったそうだ」

「…………」

蜥蜴《とかげ》の尻尾《しっぽ》切りというやつ。宮仕えではしばしば聞く、お偉いさんたちの得意技である。亀無も内心、同情を禁じえない。

「江戸に出て、剣の腕を活かし、再仕官をしようと試みたが、四年のあいだ、どこも相手にしてくれなかった。道場でも開きたかったが、資金もない。先月、再仕官を夢見ていた妻が病死。わしの気持ちのなかで、なにかがぷつんと切れた。恨みを晴らしたかったのかもしれぬな」

淡々と語った。

「じゃあ、面倒だろうが、一件ずつ訊ねさせてもらうよ」

「どうぞ」

このひと月のあいだに、五件の辻斬りがあった。

「ちょうど半月前。浅草橋で若い武士を斬った」

「うむ」

素直に認めた。

「その五日後、大店《おおだな》の手代を」

「手代だったか。どこかのあるじかと思ったが」

手代とわかったら斬らなかったかもしれない。だが、もう遅いのである。

「三日あけて、番屋の役人を」

「番屋に来いと言われたのでな」

「その二日後、ふたり連れの、道場帰りの若者も襲った」

「いい稽古《けいこ》になっただろう」

「ひとりは死んだ」

「成仏してくれ」

紺野は片手を立てるようにした。

「そして、昨夜は駕籠屋を襲った」

亀無は昨日も、浅草橋近くで警戒していたのである。だが、和泉橋の近くに出現したというので、裏をかかれた思いだった。

紺野はそれまでうつむきがちだったが、顔をあげ、

「駕籠屋？　昨夜は家で寝ていたがな」

と、言った。

「そうなのか」

「だから、斬り捨てたのは、今日も入れて五人だろう。そなたがいなければ、七人になっていたのにな」

紺野は、寂しそうに笑った。

「恨むべきは、春日藩ではないのか？」

亀無は訊いた。

「春日藩？」

「理不尽に追放されたのだろう？」

「そうだが、四年も経ったら、それは忘れていた。そうだな。そこはあの世で反省することにしよう」

もうこの男の気持ちは、この世にはないのだ。あの世の妻のところに行っているのだろう。

正直に語ったはずである。

「では、明日また来る」

亀無はそう言って、今日の取り調べを終わりにした。


「旦那《だんな》？」

大番屋を出ると、三ノ助は不思議そうに亀無を見た。

「うん。駕籠屋は違うと言ってたな」

「この期《ご》に及んで、嘘《うそ》はつかねえでしょう」

「どうかな。昨日の件だけは特別な理由で隠したいのかもしれねえぞ」

「そんなことって？」

「わからねえよ」

実際、下手人のやったことが全部わかっても、人の心の全部はわからないのである。

「じゃあ、駕籠屋の件を調べるんですか？」

「あれは、おいらの担当じゃないんだよな。早瀬っていう見習いが担当させられてるみたいだぜ」

亀無が困った顔でそう言ったとき、左手からひょいと出てきたのは、なんとその早瀬百次郎ではないか。

もっとも、茅場町の大番屋は八丁堀のすぐ近くなので、ここで早瀬と出くわしても、なんの不思議はない。

「おう、百ちゃん」

以前、亀無の下にいたので、つい気安い調子になる。

「亀無さん」

早瀬は、やけにさっぱりした顔をしている。それに、いまから奉行所というのは、ちょっと遅すぎるだろう。

「どこに行ってたの？」

亀無は訊いた。だいたい見当はついている。

「あ、いや、ここんとこ夜番が多くて疲れたので、湯に入ってさっぱりしようと……」

早瀬は気まずそうに言った。

「いいよなあ、昼の湯は」

亀無は羨《うらや》ましそうに言った。ほんとに昼間入る風呂くらい気持ちのいいものはない。亀無も大好きだが、この数か月、そんなことはしたことがない。

「ほんとにひさしぶりなんですよ。追いかけていた辻斬りは、亀無さんが捕まえたというので、ホッとしちゃいまして」

「うん。ホッとしちゃったところを悪いんだけどさ。もしかしたら、昨夜の辻斬りの下手人は別にいるかも」

「え」

早瀬は目をぱちくりさせた。

四

亀無と三ノ助は、早瀬百次郎と一緒に、和泉橋に近い駕籠屋殺しの現場にやってきた。

「遺体を見られたらよかったんだがなあ」

と、亀無は愚痴《ぐち》った。

道々聞いたところでは、殺された竜次の遺体は、すでに茶毘《だび》に付《ふ》したらしい。

夏はあまり置いておけないが、それにしても早い。

「でも、駕籠屋の相棒や大家がそう言うので」

「百ちゃんが許可したの？」

「はい。まあ、いいかと思いまして」

「そうかあ。でも、傷口とか見たかったよなあ」

「それは大丈夫ですよ。検死をなさった高田《たかだ》丈右衛門《じょうえもん》さんが、くわしく描いた傷の絵がありますから」

高田はもう六十近い同心で、去年、小石川養生所廻《こいしかわようじょうしょ》りから、検死役のほうに担当替えになっていた。前の検死役が、急な病《やまい》で倒れたための、急な配置替えだった。

「ううん。これは言いたくないんだけどさ、内緒の話だぞ。高田さんて、あんまり剣術のほうは得意じゃないんだよ」

「そうなので？」

「いや、弓の腕はすごいよ。上覧《じょうらん》試合で腕前を披露するくらいだから」

「へえ」

「でも、剣のほうはなあ。死体に残った傷から太刀筋を見抜くのには、やっぱり剣の腕がちゃんとしてないと、わからなかったりするんだよ。だから、せめてあと一日、待ってくれたらよかったんだけどさ」

「すみませんでした」

「いや、百ちゃんが謝らなくていいよ。ま、言ってもしょうがないんだけどな」

亀無も、高田に面と向かっては、剣術の腕のことなど言えないのである。

早瀬が足を止め、

「ここが現場です」

と、言った。

「ここかあ」

柳原通りと呼ばれている道である。もう少し、東の両国に近いあたりの通りに行くと古着屋が立ち並んでいるが、ここらはほとんどない。

柳原の土手には、桜や柳の木が植えられ、まだ新緑の色を残した葉叢《はむら》が風になびくさまはじつに清々《すがすが》しい。

昼間眺《なが》めてみると、こんなところで辻斬り騒ぎが起きたとは、信じがたい気がする。

「ほかの五件は、すべて新《あたら》シ橋《ばし》と浅草橋のあいだで起きてるんだけど、まあ、ここも近いといえば近いんだけどさ」

亀無はそんなことを言いながら、周囲をぐるぐる歩きまわる。腕組みしたり、ため息をついてみたり、今月の飲み屋の払いを落としてしまって、途方に暮れているように見えなくもない。

「駕籠屋はどっちから来たの、百ちゃん？」

「ええと、馬喰町《ばくろちょう》にある〈六本松《ろっぽんまつ》〉っていう料亭の女将さんを乗せて、佐久間町《さくまちょう》の家まで届けるところだったんで、向こうから来て、そっちへ向かうところでした」

と、早瀬は身振り手振りを入れながら説明した。

「ふうん。それで、辻斬りはどこから出てきたの？」

「木の陰と言ってましたから、その柳の木ですかね」

「なるほどな。それで？」

「女将さんは、辻斬りが出るとすぐに逃げまして、あっちの辻番に駆けこみました」

早瀬は、半町ほど東のほうにある辻番を指差した。

「あんなとこに辻番があったんだ」

「それで、番士が駆けつけたときは、辻斬りはすでに逃げてしまっていて、和泉橋をすごい速さで渡りきるところだったそうです」

「ふうん」

亀無は、早瀬の言ったことから、そのとき起きた出来事を確かめるみたいに、あっちに行ったりこっちに行ったりした。

「それで、相棒も斬られたんだろ？」

「ええ。腕をやられました」

「死んだ竜次は、どこを斬られてた？」

「鎖骨のところと、頭と背中と腋の下と、あとは腹を刺されてました」

「そんなに？」

「どれも傷そのものは浅くて、腹を突き抜けたほどの刺し傷が致命傷になったと、高田さんは言ってました」

「そうかあ」

亀無は腕組みして、

「三ノさん。こりゃあ、やっぱり別人だわ」

と、言った。

五

次に、亀無が三ノ助と早瀬とともにやってきたのは、岩本町《いわもとちょう》にある裏店《うらだな》だった。ここに、怪我をした駕籠屋の寅蔵が住んでいて、死んだ竜次は斜め向かいの部屋だったという。

「ごめんよ」

早瀬が声をかけて、なかへ入った。昨日、すでに訪ねているという。

「あ、早瀬の旦那」

寅蔵は床で横になっているが、枕元には板切れのような将棋盤《しょうぎばん》があり、駒《こま》もいくつか並べられていた。

「あ、いいんだ、起きなくて」

と、早瀬は起きようとするのを手をあげて制し、

「こちらは、辻斬りを捕まえた亀無さんだ」

そう言って、自分は後ろにさがった。

亀無は、土間からの上がり口に腰をかけ、

「あんたは、いくつだい？」

と、訊いた。

「あっしは三十四。竜のやつはひとつ下でした」

「いつから一緒に駕籠を担いでいるんだ？」

「あっしが十九のときからなので、もう十五年くれえになります」

「ずいぶん長いな」

「ええ。次の相棒を探すのは大変でしょう」

寅蔵は、途方に暮れたように言った。

「まだ駕籠屋はやるのかい？」

「これしかできねえんでね。それに、あっしらの駕籠をあてにしてくれている人がいますので」

「そうなのか」

と、亀無はうなずき、

「辻斬りはどんなやつだった？」

「いやあ、もう逃げるのに夢中で、どんなやつだったかなんて」

寅蔵がそう言うと、早瀬はそうだろうなというように、幾度かうなずいた。

亀無はその早瀬に、

「寅蔵の傷は確かめたな？」

と、訊いた。

「傷？　いや、見てませんが」

早瀬はあわてたように答えた。

「そうか。ちっと、あんたの傷を見せてくれ」

傷には晒が巻かれていて、血が滲《にじ》んでいる。

「いやあ、晒をとると、また傷口が開いて、血が出ますので」

「大丈夫だよ」

「大丈夫って、あっしの傷ですぜ」

「傷なんか見慣れたおいらが言ってるんだぜ。ほら、見せろ」

亀無は、珍しく強い口調で言った。

「わかりましたよ」

寅蔵はしぶしぶ晒を解いた。

「ふうん。これがな」

亀無はその腕を取り、じっと傷を見た。すでに血は完全に止まっていて、かさぶたもできはじめていた。

「たいした傷じゃねえな」

「そうですか。でも、血はずいぶん流れちまって、まだ立つと頭がくらくらして、歩けねえんですよ。厠《かわや》に行くのも這いながらでさあ」

そう言うわりに、顔色はそれほど悪くない。

「そうか。ところで、剣は横から来たのかい？」

「横から？　さあ、そんなことまで覚えちゃいませんよ」

寅蔵は、不服そうな顔をした。

「竜次ってのは、剣術なんか習ったりしてたのかな？」

亀無は、部屋を見まわしながら言った。家具などはなにひとつない、殺風景《さっぷうけい》な部屋である。壁には暦《こよみ》もない。台所には、小さな釜《かま》がひとつあるだけである。飯を炊《た》き、おかずは売りにくる納豆か、総菜屋で買ってくるくらいなのだろう。そんな長屋の住人は、珍しくない。

「剣術？　そんなものは習ってませんよ」

寅蔵は、憤然とした口調で言った。

「ふうん、おかしいな」

「なにがです？」

「竜次は何度も斬られてるだろ。でも、あの辻斬りってのはかなり腕の立つ男で、よほど剣術が達者でなきゃ、ひと太刀で斬られていたはずなんだよ」

亀無がそう言うと、

「ああ。竜次ってのは、剣術こそ習ってませんでしたが、喧嘩《けんか》は達者でしてね」

と、寅蔵は思いだしたみたいに言った。

「喧嘩がな」

「動きはやたらとすばしっこかったんです。それで、辻斬りも逃げまわられて、苦労したんじゃないですか」

「あいつがな」

紺野の足さばきは見事なものだった。亀無は、なまじ動きまわらなかったことが、よかったのだ。

「おめえは、竜次じゃなく、猿次だなんて言ってたくらいですから。辻斬りも呆気《あっけ》に取られたんでしょう」

「あんたも、腕だけで済んだしな」

「それはちょうど、辻番のお侍が来てくれたからですよ」

「なるほどな」

亀無はそう言って立ちあがり、ちらりと置いてある将棋盤を見て言った。

「五手詰みだな」

六

亀無たちが次に向かったのは、馬喰町の料亭六本松だった。

料亭といっても、それほど気取ってはいない。飲み屋を大きくしたくらいの造りで、料亭と聞いてなかったら、旅館と間違えそうである。

あるじは五年ほど前に亡くなったそうで、女将が切り盛りしているという。辻斬りに襲われたが、次の日も店を開け、おそらく客にもずいぶんしゃべりまくったことだろう。

「あら、亀無の旦那」

女将は亀無を知っていた。

「なんで、おいらのことを?」

「有名ですもの。というより、前に別の料亭で仲居をしてたときに、いらしてたの」

「あ、そうなんだ」

少しは有名になったのかと喜んだが、やはりそんなわけはなかった。

気を取り直し、

「一昨日の晩なんだけどさ、あの駕籠はたまたま拾ったのかい？」

と、訊いた。

「違いますよ。あの人たちの駕籠には毎晩、乗っていたんですよ」

「そうなの。そんなことできるの？」

「ええ。店が終わるころ、待っててくれるんです。そういうことにしてましたから」

「あ、なるほど。じゃあ、毎晩、同じ刻限に、同じ道を？」

「そうです。なにも言わなくても、女将さん、着きましたぜって。ずっとお客さんの相手してると、行く先もなにも言わなくていいっていうのは楽なんですよ」

女将は話しながらも、茶の支度をし、三人に出してくれる。

「それで、辻斬りだけどさ、どういうふうに出てきたかわかるかい？」

亀無の問いに、女将はちょっと考えて、

「いえ、そこは見てないです」

「姿は?」

「見ました。浪人者みたいなお侍でした」

紺野は、浪人者には見えないはずである。

「顔は?」

「なんだか恐ろしげで」

「恐ろしげねえ」

それも違う。あまり特徴のない、いかにも真面目そうな顔である。

しかも、右の頬に人差し指をあてて、

「ここに傷が」

と、言った。

「傷が?」

紺野には、そんなものはなかった。この女将が見たという辻斬りの人相書を作らせるべきかもしれない。

「ひと目見て、これは極悪非道と思いましたよ」

「それで、すぐ辻番に駆けこんだわけだ」

「はい」

「よく、わかったね、辻番が。番屋より目立たないだろ」

「寅さんが、あっちに辻番がって教えてくれたのかな」

「そうか」

亀無はどうしようかと迷ったが、

「いちおう見てもらおうかな」

と、言った。

「なにを？」

「辻斬りだよ。茅場町の大番屋にいるんだ」

「嫌ですよ。怖いもの」

「怖くないよ。向こうからは、あんたが見えないようにするから」

なんとかなだめすかして、茅場町の大番屋に連れてきた。

奥の牢《ろう》に入れてある紺野を、小さな窓からそっとのぞかせると、

「あ、あの人よ。間違いないわ」

と、断言した。

紺野はなにやら気配を感じたらしく、じろりとこっちを見たが、なにも言わな

い。

「でも、あいつ、顔に傷なんかないぜ」

「影かなんかを見間違えたのかもね。でも、あいつ。間違いない」

女将は安心したように帰っていった。

それを見送って、

「言いはりましたね」

と、三ノ助は言った。

「うん。でも、あの女将、ろくろく姿なんか見てねえと思うよ。人ってのは、出たと思ったら、なんだって見えちまうんだ。幽霊と一緒だよ」

亀無は苦笑するばかり……。

七

亀無はもう一度、三ノ助と早瀬とともに、現場に戻ることにした。まだ、あのときの現場の様子が、頭のなかに再現できない気がする。

「そうだ。辻番の番士の話も聞かなくちゃな」

亀無は、遠慮がちに辻番を訪れた。ここは、常陸矢田部藩《ひたちやたべはん》で出している辻番である。


「一昨日の辻斬りの件で、うかがいたいのですが」

「うむ。辻斬りは捕まったらしいな」

「そうなのですが」

「いや、よかった、よかった」

番士は、人のよさそうな笑顔を見せた。

「斬ったところはご覧になったので？」

「いや。そこは見ておらぬ」

「間に合わなかったのですか？」

「うむ。女があわてふためいてやってきたのだが、最初、あわわ、あわわ、となにを言ってるか、さっぱりわからなかったのだ。それで、どうした、しっかりしろ、と白湯《さゆ》を飲ませ、すると辻斬りだと言うではないか。それからあわてて飛びだしたのだが、辻斬りはすでに逃げていた、というわけさ」

「なるほど。でも、後ろ姿はご覧になったんですよね？」

「そうだな。和泉橋を駆けていく姿だったがな」

「あそこから、和泉橋は見えましたかね？」

「見えるだろう。見たんだから」

「でも、ほら、土手が高くなっていて」

と、亀無は指を差した。

「ん？　どれ、行ってみよう」

現場に来た。

「見えぬか？」

と、番士はうろうろし、

「あ、ほら。ここから見えるだろうが。ここに、もうひとりの駕籠かきが、倒れていたのだ」

「ほんとだ」

わずかな角度で見えるところがあった。寅蔵は、ちょうど都合よくその場所に倒れていたのである。

「すごい速さだった。必死で逃げたのだろうな」

「そうですか。いや、どうもお手間を取らせました」

亀無が礼を言うと、番士は辻番のほうへ引き返していった。

「そんなにすごい速さで走っていたら、覚えてる者もいるだろうな。あっちに行ってみようぜ」

と、亀無は和泉橋の対岸に渡った。

ここらは神田佐久間町で、大川から神田川の船便を利用する店が、軒を並べていたりする。

屋台の蕎麦屋《そばや》が、支度をはじめていた。

「ちっと訊きたいんだがな。一昨日の晩、この和泉橋をすごい速さで駆けていった武士がいるらしいんだ」

「一昨日の晩？　毎晩でしょ？」

と、蕎麦屋のあるじは言った。

「毎晩いるの？」

それは意外な話である。

「ええ。あたしも聞いた話ですが、外神田にある大きな飲み屋が、石町《こくちょう》のほうに出店を出したらしいんですよ。それで、その売上を本店のほうに運ぶ用心棒を雇ったんですが、毎晩、出店が閉まると、その売上を持って、本店のほうに走って届けるんです。そこを通りますがね、まあ、速いこと、速いこと」

「そうなのか。おい、三ノ助」

と、亀無はニヤリとした。

「ええ。いちおう身元なども確かめますか？」

「いや、その必要はないよ。毎晩、あそこを駆け抜ける用心棒のことは、たぶん寅蔵も知っていただろうな」

「でしょうね」

「ということは、もうひとりの辻斬りなんてのも、いなかったのかもな」

亀無がそう言うと、

「どういうことです？」

早瀬百次郎は訊いた。

「寅蔵は嘘を言ったのかもってことさ」

「嘘？」

早瀬はわけがわからないらしい。

八

この日の調べは切りあげて、亀無は八丁堀の役宅に帰ってきた。百次郎も一緒である。

早瀬家の役宅は、亀無の役宅の前を通って、一町ほど先にある。

亀無家の前まで来て、

「亀無さんのお隣は、松田さまの役宅なんですよね」

と、早瀬は言った。

「そうだよ。子どものときから遊んでいたんだもの」

「羨ましいですよ」

「そうかい？」

「あの松田さまと幼馴染《おさななじ》みなんでしょう」

「うん。物心がついたときには、もう松田さまの顔があったって感じかな」

亀無がそう言ったとき、松田家から志保が出てきた。

「あら、剣之介さん。いま、帰ったの？」

「ええ」

「お疲れのところ申しわけないんだけど、兄が、もし帰っていたら呼んできてくれって」

「そうですか」

呼ばれるのは、明日あたりかと思っていたが、今回は早い。たぶん、昨日、辻斬りを捕まえたことで、松田も安心したのだろう。

「百ちゃんも一緒に」

と、亀無は早瀬を誘った。

「いいんですか。いや、もう、喜んで」

「おいしいうどんを出してくれるかもしれねえよ」

「うどんを？」

なんのことかわからない顔をした。

松田は入口の脇の小部屋にいて、刀の手入れをしていた。

うどんを打ってなかったので、亀無は内心がっかりした。あれを早瀬に一度、食べさせてやりたい。そうすれば、松田重蔵幻想から脱却《だっきゃく》できるかもしれない。

松田は早瀬を見ると、

「なんだ、早瀬百次郎も一緒か」

と、笑顔を見せた。

「わ、わたしの名前を、ご記憶いただいてましたか？」

早瀬は声を震わせて訊いた。

松田は、人の名前を覚えるのは得意なのだ。そのくせ、犬と猫を間違えるというのは、いったいどういう頭をしているのか。

松田はさらに、

「あたりまえだ。期待の星だからな」

とまで言った。

あまり言いそうもないのだが、松田はけっこう世辞を言うのである。偉い人にはそうでもないのだが、目下の者には、ちょっと恥ずかしいような世辞も言う。

これも、人気の秘密なのかもしれない。

「剣之介。辻斬りの件」

「はい。柳原土手連続殺人事件ですね」

先まわりした。

「勝手につけるな。辻斬りと殺人事件は別だ」

「そうなので」

なにが違うのか、よくわからない。

「すべて片付いたのだろう?」

「ところがですね……」

と、亀無は、駕籠かきの殺しだけは違うことを、ざっと説明した。

だが、松田は即座に、

「違わぬだろう。駕籠かきも、その紺野信右衛門のしわざだ」

と、断言した。

「えっ」

「わからぬか。じつは駕籠かきの殺しこそ本命で、その前の四件は、稽古だったのさ」

松田がそう言うと、亀無の後ろで早瀬が、

「すごい」

と、つぶやく声が聞こえた。

「でも、なんで紺野が駕籠かきを?」

亀無は訊いた。

「剣之介。駕籠かきというのは、意外にいろんな場面に行きあうのだ。連中こそ、江戸の町をよく見ているぞ」

「でしょうね」

「それである晩、とある出会い茶屋から若い女を乗せた。白鳥が着物を着たのかと思えるくらい、きれいな女だった」

「はあ」

あまりきれいには思えない。むしろ不気味ではないのか。

「それは、とある大名家のお姫さまだった」

「そうなので」

「かつ、紺野の想い人でもあった」

「へえ」

「それは、忍ぶ恋でなくてはならない。だが、駕籠屋の、とくに後棒のほうにしっかり顔を見られてしまった。姫はまもなく、ご三家あたりに嫁《とつ》ぐことになっていた。あの駕籠かきがわたしを覚えていたら、大変なことに……当家も破滅間違いなし」

「…………」

松田の口調が講釈師っぽくなっている。

「姫は紺野に頼んだ。あの駕籠かきを始末してと」

「そこまで頼みますかね」

亀無は呆れて言った。

「姫などというのは、しょせん下々《しもじも》の者の命など頓着《とんちやく》しないからな。紺野は、姫の頼みを断わることはできない。だが、いきなり駕籠屋を斬れば、何事かとその理由を探られるかもしれぬ。かくして、無闇《むやみ》に人を斬る辻斬りを演じたというわけだ」

松田はそう言って、早瀬百次郎をじっと見た。

「すごいです、松田さま。天才でなければ、そこまで見破ることはできません」

と、早瀬は感激して言った。

「この線は、剣之介ではなく、早瀬が探ってもいいかもしれぬな」

「ぜひ、やらせてください」

早瀬は、拷問《ごうもん》でもなんでもやりそうなくらい興奮して言った。

亀無のほうは、いつものように聞かなかったことにして、そそくさと退散した。

九

同じころ――。

駕籠かきの寅蔵は、長屋をそっと抜けだして、あの現場に来ていた。血が流れてくらくらすると言っていたが、そんなことは嘘っ八である。血なんか、鰯《いわし》を捌《さば》いたときくらいしか流れていない。

なぜか、昼間やってきたあの同心のことが気になっている。頭がちりちりで、どこかとぼけたような口を利いていた。

てっきり、このところ起きていた辻斬りのしわざということになると思っていた。

だが、あいつはまったく信じていない。あれだけは別だと思っている。

人は見かけによらない。

それは、十五年、駕籠かきをしてきて、さんざん見てきたことだった。駕籠代を払えるのかと心配するような風体《ふうてい》の客から、二分銀を駄賃《だちん》にもらったことがある。逆に全部の歯に金をかぶせた客から、駕籠代を値切られたこともある。

ああいう冴えない風体の男が、とんでもなく切れ者だったりしても、なんの不思議もないのだ。

――なんで、ひと太刀でばっさりやれなかったのか。

寅蔵は、しくじりを自覚した。

こうなったら、証拠を完全に消さなければいけない。

「殺しというのはな、凶器を見つけるのが調べの基本なんだ」

昔聞いた台詞《せりふ》が、耳の奥でよみがえった。

寅蔵は、駕籠かきをやる前、一年のあいだだけだったが、岡っ引きの手伝い、つまり下っ引きをしていたことがあった。親分の人使いの荒さに疲れて逃げだしてしまったが、町方の調べの手順は、ずいぶん覚えたはずだった。凶器が見つかると、そこからいろんなことがあきらかになってしまうのである。

寅蔵は、歩きながら周囲を見た。

人通りはない。

柳の大木の陰を見た。この大木は、かつて折れたかして、幹がねじれたようになっている。その窪《くぼ》んだところに、仕込み刀を隠しておいたのだ。周囲には、葦《あし》が茂っていて、道のほうからはまったくわからない。

寅蔵は、この仕込み刀をつかみ、柳原土手をあがった。

土手道にも誰もいない。

今日は満月だが、薄い雲がかかって、一昨日の晩よりも明かりは乏《とぼ》しい。寅蔵は提灯も持ってきていない。

そこから、川のほうにおりた。

一面、葦が茂っているが、掻《か》き分けて進んだ。葦の葉が足に擦《す》れて、ひりひりと痛いが、いまは痛みどころではない。

川のほとりに出た。ここらはかなり深くなっている。しかも藻《も》が多いので、舟も通らない。

重みで沈むかどうか確かめて、底へ送りだすように鞘《さや》ごと仕込み刀を沈めた。

――これで完璧だ。

寅蔵は確信した。だいたいが、若いころはともかく、この七、八年は、竜次とは喧嘩もしたことがない。駕籠を担ぐとき以外は、ほとんど一緒にいない。

おれがあいつを憎むようになったわけは、他人にはうかがいようがないのだ。

それでもあいつが、万が一、疑いを抱いても、おれのしわざだと決めつけることはできないだろう。いっさいの証拠というのが、なくなったのだ。

寅蔵はホッとして、土手に戻った。

「ねえ、お兄さん」

いきなり声をかけられた。

びっくりして振り向いた。

「なんでえ、てめえか」

「安くしとくよ」

ここらをうろつく舟饅頭だった。有名な私娼で、たしかおふねといった。

「誰がおめえなんか。おっと、近寄るんじゃねえ。おれは女を買うなんてことはしねえんだ。薄汚え女のくせに」

寅蔵は悪態《あくたい》をついて走り去った。

十

翌朝——。

亀無は奉行所で三ノ助と一緒になると、まずは料亭六本松の女将を訪ねた。

早瀬百次郎は、朝から大番屋に行ったらしい。紺野を締めあげるつもりだろう。

亀無は、「拷問は駄目だぜ」とだけは言ったが、あとはやりたいようにやらせておくことにした。

女将はすでに店に来て、板前が仕入れてきた魚を眺めながら、調理法を検討しているところだった。

「あら、亀無の旦那」

笑顔は歳のわりにさわやかである。

「うん。また訊きたいことが出てきちゃってな」

亀無はそう言って、玄関の上がり口に腰をかけた。

「なんです？」

「女将さん。ほんとに辻斬りの姿を見たのかい？　よおく、思いだしてくれよ。あの晩、駕籠に乗って柳原土手にさしかかった。そうしたら……？」

「駕籠が急に止まったのよ」

「それで？」

「出たって、寅さんが言った」

「辻斬りが出たと？」

「ただ、出たと」

「なんで辻斬りと思ったんだい？　幽霊かもしれないだろ？」

亀無は、女将の目を見ながら訊いた。ここが肝心なところである。

女将はちょっと首を傾《かし》げながら、

「あ、そうだ。その何日か前に、辻斬りの話をしてたのよ。寅さんと」

「寅蔵とね」

「そのとき、瓦版《かわらばん》も見せてくれたの」

「瓦版？　どんなやつ？」

「ちょっと待って」

と、奥の部屋から一枚の瓦版を持ってきた。

「これよ、これ」

「これかあ」

亀無も見ていた。いかにも毒々しい瓦版で、けっこう出まわったらしい。

柳原の土手に辻斬りが出ているという記事で、いかにも物騒な浪人者を描いた絵も入っている。

「この絵の辻斬りは、顔に傷があるね」

「あら、ほんとだ」

「女将さん。ほんとは姿なんか見てなかったんじゃないの？　この絵のことが頭にあったから、辻斬りと聞いただけで、この姿を思い浮かべたんじゃないの？」

亀無がそう言うと、女将は急に自信なさげな顔になって、

「そうかも」

「ということは、辻斬りなんかいなかった？」

「いなかった？　そんな馬鹿な」

女将は、幽霊でも見たような顔をした。


次に亀無は、三ノ助と一緒に、寅蔵の長屋にやってきた。商売道具の駕籠が、井戸端《いどばた》の横に置いてある。二、三日使わないだけでも、ずいぶん埃《ほこり》っぽくなったみたいに見える。それを撫《な》でるように、細かく眺めまわした。

寅蔵の家は、戸が開けっ放しで、なかの様子も見える。

まだ床は敷きっぱなしで、寅蔵はその上に座りこんで、将棋盤を前にしている。

亀無のほうも、ちらちらとは見たが、とくに不安そうな様子はない。

しばらくして、

「よう。詰め将棋か」

と、亀無は寅蔵の家の前に立った。

「あっしの、ただひとつの気晴らしでしてね。酒も煙草《たばこ》もやらねえ、吉原にも行かねえ。つまらねえ人生ですよ」

博打《ばくち》もやら

「おいらだって似たようなもんだよ」

酒は飲んでも一合ほど。煙草はごくたまに、ため息程度に吹かすほど。博打は人がやるのを横から「お、そうくるかい」なんて言いながら見るくらい。もちろん吉原は、殺しの調べで入ったことがあるだけ。

「旦那もそうですか」

「真面目に生きるってのも、つらいもんだよな」

「そうですよ」

「ところで、それ、詰む？」

亀無は盤面を指差した。

「詰みますよ」

「二六歩？」

「旦那はそう来るんですか？　そしたら、こうですよ」

「じゃあ、香車《きょうしゃ》をあげてよ」

「そんなことするんだ。だったら、金を寄せて」

「桂馬《けいま》が手駒なの。じゃあ、銀の頭に」

「旦那の将棋、こすっからいねえ」

と、寅蔵は笑った。

「そうかい？」

「もっと大駒を駆使《くし》しなきゃ。これは、こっちから角《かく》を寄せるんですよ」

「あ、そうか」

「そしたら、こうして、こうなって、ほら、詰んだ」

「ほんとだ」

亀無は悔《くや》しそうに頭を掻いた。

「ところで、なに、なさってたんで？」

「うん、まあ。ちと、わからねえことが出てきたんでな」

「わからねえ？」

「どっか、あの駕籠に仕込み刀みたいなものが隠されちゃいねえかなと思ったんだよ」

「は？」

「それを取りだして、竜次を斬ったのかしれねえなと思ってさ」

「誰が？」

「いや、捕まえた辻斬りとは別のやつがだよ」

「どういうことですか？」

「やっぱり、やってないって言うんだよ。お縄にした辻斬りは」

「そんな野郎の言うことなんざ、信じるほうがおかしいでしょう」

「そうかね」

「そうでしょうよ。辻斬りの言うことでしょ」

「ま、いいや。あんたにはまとめて訊くことになるだろうから。その大怪我が治《なお》ったころにな」

そう言って、亀無は寅蔵の家の戸を閉めた。

十一

「旦那、このあとは？」

三ノ助が訊いた。

「うん。ここらの住人の話を聞いてみようよ」

寅蔵の長屋のいちばん奥に、居職《いじょく》の職人がいる。版木彫りをしているらしいが、それもどうやら春画《しゅんが》を彫っているらしい。

亀無を見ると、いつもこそこそ版木を隠したりする。

いまも、亀無を見ると、版木の上に白い紙を載せたので、

「べつに春画を彫ってるの見たって、おいらは咎めないぜ」

と、亀無は笑いながら家に入った。

「そうなんで？」

「だいたい、そういうので捕まるのは、絵師と版元だろ。奉行所も版木職人までは捕まえたりしないよ」

「なるほど」

「おいらは、絵師も版元も捕まえたことはないけどね。物騒な人殺しばっかり担当させられてるからさ」

「それも大変ですね」

版木職人は、亀無に親近感を覚えたらしく、表情がにこやかになってきた。

「で、辻斬りにやられた寅蔵なんだけどさ」

「ええ」

「あいつだって駕籠を担がなきゃ、この先、食っていけねえだろう」

「でしょうね」

「どうするんだろうな」

「あっしは誘われましたよ」

「駕籠かきしないかって？」

「ええ。版木彫るより稼げるって言ってました。でも、あっしは見た目は図体がでかいんですが、あまり丈夫じゃないんでね。断わりました」

「ところで、あんた、寅蔵が刀を持ってたのは知ってる？」

亀無は軽い調子で言った。もちろん、得意の引っかけである。

「刀？　ああ、杖みてえなやつ？」

「そうそう」

うなずきながら、亀無は嬉《うれ》しそうに三ノ助を見た。してやったりである。

「三年くれえ前ですか。箱根を越えていくとかいう仕事があって、そのときに山賊除《さんぞくよ》けだって買ったんですよ」

「ほう」

「あれ、まだ持ってましたかね」

「持ってねえのかな。あれで、辻斬りに立ち向かえばよかったのにな」

「でも、いざ、前にすると、逃げるので必死だったんだと思いますぜ」

版木職人がそう言うと、亀無は、

「邪魔したな」

と、外に出た。

いったん路地の外に出ると、

「旦那、よく刀のことがわかりましたね。ただの引っかけじゃねえでしょう?」

三ノ助は訊いた。

「うん。寅蔵の台所に、砥石《といし》があったんだよ」

「砥石? そういえばありましたね」

「しかも、使ったばかりらしい跡もあった。包丁もなさそうなのに砥石使うって変だなあと思ったからさ」

「なるほどねえ」

と、大きくうなずき、

「では、仕込み刀はどこかに?」

「いやあ、もう捨てたよ」

「捨てた？」

「ああ。あいつの足を見たかい。小さな傷がいっぱいあっただろう。あれは、葦の草むらを掻き分けたんだ。いったん、あの現場のどこかに隠したやつを、昨夜、抜けだして、川に捨ててきたんだろう」

「あの野郎……川を漁《あさ》りますか？」

「そうだな。たぶん、見つからねえと思うけどな」

「でも、なんで相棒を？」

「それだよな」

亀無は、路地を出たところにある大家の家を訪ねた。

「ふたりが喧嘩してるとこなんか、見たことありませんよ。とくに仲がいいってほどでもなかったですがね」

と、大家は言った。

路地を出たところで総菜屋をしていて、長屋の様子もよく見ているらしい。この前来たときも話を聞きたかったが、ちょうど出かけていたのだった。

「しょっちゅう一緒にいるわけでもないんだな？」

「あれだけ駕籠を担いでいると、仕事が終わったあとまで一緒にいる気はしないんじゃないですか」

「ふたりは、博打とかはどうなんだい？」

外ではやらなくても、ふたりだけでやっているかもしれない。詰め将棋だって、賭《か》けにしようと思えばできるはずである。

「竜次のほうはどこかでやってたかもしれないけど、寅蔵は真面目な性分ですからね。博打なんかに使うなら、こつこつ貯めてると思いますよ」

「その金を竜次が借りたりは？」

「寅蔵は貸しませんよ。そこらはきっちりしてますから」

大家は自慢げに言った。寅蔵はだいぶ、大家の信用を勝ちえているらしい。

「ところで、この長屋に女はいるのかい？」

と、亀無は訊いた。

「所帯持ちが二軒ありますよ。女の独り住まいはありません」

「ふうん」

亀無がちらりと三ノ助を見ると、苦笑して首を横に振った。

喧嘩の原因になるようなおかみさんたちじゃない、という意味らしい。亀無もちらりと見かけたが、日々の暮らしに精一杯で、とても色事に縁がありそうには見えなかった。

「近所の飲み屋あたりに、あいつらが好きそうな女がいたりしませんかい？」

と、三ノ助が訊いた。

「飲み屋？　女がいる飲み屋はあるね。竜次はたまに行ったりしてたのかな」

「寅蔵は？」

「寅は酒を飲まないんです。だから、飲み屋にも行きませんよ」

「真面目なんだな、寅蔵は」

と、亀無は感心した。

「真面目ですよ。あたしが見てきた店子《たなこ》のなかでも、寅蔵は一、二を争うくらい、真面目な男ですから。ほんとは嫁をもらってやりたいんだけど、なかなか女の好みはうるさいみたいでね」

「へえ」

亀無と三ノ助は、大家の家を出た。

少し歩いて、神田堀の土手のところに出た。風が吹いているが、だいぶ湿っぽい。夜には雨になるかもしれない。

「旦那、まいりましたね。寅蔵に竜次を殺す理由はないでしょう」

「そうなんだが」

「金の貸し借りも、博打のいざこざもなければ、あいだに女もいないんじゃあ、憎しみだって生まれませんぜ」

「だよなあ」

亀無はうなずき、土手に腰をおろした。生えている草をむしると、なにも考えずに口に入れた。青臭《あおくさ》い汁が口に広がり、思わず吐きだした。われながら、なにをやっているのか。

そのとき、ふうっと閃《ひらめ》いた。

亀無は三ノ助を見あげ、

「女、いたよ」

ニヤリと笑った。

「誰です？」

「女将さん」

「六本松の？」

「そう。毎晩、会ってたんだろ」

「ああ、なるほど。ふたりとはずいぶん歳が違うから、考えもしなかったけど、たしかにあの女将さん、むっちりして、なかなか色っぽいかもしれませんね」

「おい。行くぜ」

馬喰町の料亭六本松に向かった。

十二

「あら、またですか」

六本松の女将とは、今日二度目である。いまは、夜に着る着物を選んでいるところだった。三枚ほど薄手の着物が、畳の上に並べられていた。

「ちっと訊きたいんだがね。女将さんは、毎晩、この料亭から、外神田の家まで駕籠に乗ってたんだよな」

「ええ、そうですが」

燕《つばめ》を描いた着物を取って、袖《そで》のあたりにあてた。

「どういう感じで乗っていたんだい」

「つまり、家に着いたら、駕籠をおりて、軽く礼を言ってさようならだったのかい？」

「ああ。帰りはたいがい、お客さんに飲まされて、ほろ酔い加減なんですよ」

「うん」

「それで、いつもふたりに手伝ってもらって、女中が敷いといてくれてある寝床まで運んでもらってたって感じですかね。うふっ」

なにげない笑いだが、やはり色っぽい。

「家に男がいたりはしないのかい？」

「やあね。そんな男はいませんよ。いまのところは」

「それで、女将さんは酔ったまま蒲団に横たわるわけだ。ちょっと胸元だの裾《すそ》なんか乱れたりしちゃって」

「ああ、そうなのかしら」

「そりゃあ、若いやつには刺激があったんじゃないかい？」

「なにをおっしゃいます。あたしはもう、四十九ですよ。来年は五十」

「いやあ。歳を感じさせないよ」

「どういう感じ？」

「おや、まあ」

女将は嬉しそうに笑って、金魚柄の着物をあてた。それだと、十歳は若く見える。

「それで、女将さんは、寅蔵と竜次と、どっちに魅力を感じていたんだい？」

亀無の問いに、

「寅蔵と竜次？　あたし、あの人たちとはなんにもありませんよ」

女将はびっくりしたように言った。

「そりゃ、もちろんだ。ただ、若い男の魅力ってことで言うと？」

亀無はさらに訊いた。

「そりゃあ、竜次さんのほうが、魅力があったでしょうね」

「竜次がね」

「寅蔵さんは、真面目で、しっかりして、いい人ですよ。でも、硬すぎるわね。女はやっぱり、もうちょっとやわらかいほうが楽しいと思うでしょ」

「だよな」

亀無もそれはわかる。真面目なやつと、ちょっと崩れたやつ。女にどっちを取るかと訊けば、たいがいの女は崩れたほうを取る。

――おいらも選ばれないほう。

真面目に、こつこつと、いじましく、おどおどしながら、派手なこともせず、なにが楽しみなのか自分でもわからないまま、無事が一番と生きてきた。

だが、そういう生き方は、男の魅力をどんどん捨てていくみたいなものなのである。

「話は寅蔵さんとするほうが多かったんですけどね」

「うんうん」

そうなのだ。話はけっこうしてもらえる。

だが、選ばれない。

「竜次さんは、うっすら笑みなんか浮かべてたりしてね」

「なるほどな」

その光景が見える気がする。

たぶん女将さんの視線は、話している寅蔵より、黙っている竜次のほうに行っていることが多かったのだろう。それを寅蔵も、わかっていたはずである。

「女将さん。寅蔵から、なにか言われたことはないかい？」

亀無は急に声を落として訊いた。

「え」

「打ち明け話みたいなこと」

「よくわかりましたね？」

女将は目を瞠《みは》った。

「あったんだ？」

「でも、言ったら、寅蔵さんに悪いでしょ？」

「女将さん。これは調べにかかわるんだ」

「まあ」

「言ってくれ」

「すごく真面目なことを言われたんですよ。こう見えても、多少の金は貯《た》まっています。一生、大事にさせていただきたいですって」

その告白の文句、亀無にはすごくわかる気がする。

真面目すぎて、頓珍漢《とんちんかん》なのである。

思いのたけが大きすぎて、どうしてもぎくしゃくする。もし自分も志保に告白することがあったら、きっと寅蔵みたいに、間の抜けたものになってしまうに違いない。

「もちろん、断わったわな」

「だってえ……」

「魅力がないからって？」

「そうは言いませんよ。歳を理由にね」

自分もそういうことになるのではないか。

剣之介さんとあたしは、親しすぎて無理とか——。

亀無と三ノ助は、女将に礼を言って、外に出た。

歩きだしてすぐ、

「やきもちだな。それが積もり積もって、憎しみにまでなっちまったんだ」

と、亀無は言った。

「なるほどねえ」

「それで寅蔵は相棒の竜次を殺しちまったんだ。おそらく真面目なやつほど、嫉妬《しっと》をするんだよな。だが、これを詰むのは難しいなあ」

亀無は頭を抱えた。

十三

三日ほど考え抜き、下調べもした。三ノ助にもずいぶん動いてもらった。

そして、ようやく亀無剣之介は、寅蔵を茅場町の大番屋へと連れだした。

名目は、辻斬りの面通しをさせることだが、下手人として自白まで持っていきたい。

それができるのか、自信はまったくない。

だが、紺野の裁きは明日になった。今日中に解決しないと、竜次殺しまでくっつけられてしまうのだ。

大番屋までの道々、亀無はまるでひとりごとみたいに、

「どうも、竜次の傷口からして、ふつうの刀じゃねえんだよなあ。ちっと細身の、仕込み刀みたいなものだったんじゃねえかと思うんだよ」

と、言った。

「仕込み刀？」

寅蔵が訊き返した。とくに顔色は変わっていない。

「そう。刃もまっすぐでさ」

「そうなんで？」

「それで、あの柳原土手の現場の近くに隠したんじゃないかと思って、いろいろ探したんだけどさ。なんか、誰かがそういうのを拾ってたって噂があってさ」

「拾った……」

寅蔵の頰《ほお》がぴくぴくした。

茅場町の大番屋に着いた。

ここは、捕まえた下手人を町方の同心が、くわしく取り調べるところである。町内にひとつずつある番屋よりはずいぶんと大きく、入ったところが土間で、奥に長細い十二畳ほどの座敷がある。

この部屋の両側に、下手人を入れる仮牢が造られていた。

なかにいる人も、町役人や番太郎が数人に、岡っ引きらしき者までいる。

「亀無、遅かったな」

座敷のほうにいた武士が言った。町廻り同心の恰好ではないが、偉そうである。

「ええ。すみません」

「その男か。辻斬りを見たのは？」

「そうなんです」

「確かめさせてくれ」

亀無はうなずき、寅蔵をうながした。

左手の仮牢の前に行き、小窓を開けた。

寅蔵は、顔をつけてのぞくと、

「あいつです。間違いありません」

すぐに言った。

「よく見てくれよ」

「ええ」

男も見てくれと言わんばかりに、こっちに顔を向けている。不貞腐《ふてくさ》れたような、太いうどんが喉に詰まったような表情である。

「どう？」

「何度見ても間違いありません。あいつですよ、竜次を斬ったのは」

「そうなの。やっぱり、あんた、見てないね」

亀無は薄く笑って言った。

「え？」

「あいつは辻斬りでもなんでもねえ。町方の早瀬百次郎って同心なんだ」

「同心？」

「それで、ほんとの辻斬りはこの人」

亀無が指差したのは、座敷にいた偉そうな武士である。

武士はうなずき、後ろを向いた。なんと後ろ手に縛られていた。

「旦那。どういうつもりなんです？」

寅蔵はさすがに鼻白んだ。

「あんたを疑ってるのさ」

「あっしを？」

「相棒の竜次を殺したのは、あんただよ」

「そんな馬鹿な」

肩を強張《こわば》らせた寅蔵の脇に、三ノ助がそっと寄り添った。

「あんた、辻斬りに出遭う何日か前、刀を研《と》いでたよな」

と、亀無は言った。

「え？」

「家に置いてあった砥石だよ。じつは、そっと持ってきたんだ。それで、刀を研いだあと、ちゃんと洗ってなかったみたいでさ。刃の跡が残ってたんだよ」

亀無は、番屋の隅に置いた砥石を指差した。隙《すき》を狙《ねら》って、三ノ助が持ってきたのである。

「…………」

「この跡と、あの現場の近くの川のなかで拾われたという仕込み刀が見つかったとしてさ、刃の跡がぴたりと一致したら、あんた、だいぶ嫌疑《けんぎ》が深まるぜ」

大番屋のなかは、音ひとつしない。

町役人も番太郎も、息を詰めて、なりゆきを見守っている気配である。

「旦那。そういうことは、その刀が見つかってからおっしゃってくださいよ。だいたい、あっしがなんで、相棒の竜次を殺さなくちゃならねえんです？」

寅蔵は笑いながら言った。しかし、引きつったような笑いである。

「だよな。そこはおいらも考えたんだ。それでさ。見当がついたんだよ」

「え？」

少し間を置いて、

「女将さん」

亀無が声をかけると、座敷に置かれた屏風《びょうぶ》の陰から、六本松の女将が現われた。

女将は、金魚の柄の着物姿である。

「女将さん……」

寅蔵の顔色が変わった。青ざめていたのが、どす黒い色になった。

「女将さん、色っぽいよな。ちっと年上だけど、いい女だよ。あんた、惚《ほ》れちまったんじゃねえのかい？」

「………………」

「でも、残念だよな。女将さん、寅蔵って男はどうですか？」

亀無は女将に訊いた。

「ごめんね、寅さん。あたしは、あんたより竜次が好きだったんだよ。だって、竜さんて、ちっと悪っぽくて、それがまた、女ごころをくすぐるんだよね。可愛いって思っちまってね」

「女将さん……」

「ああ、また会いたいよ。竜さんと」

女将はため息をつきながら言った。そんなふうに言ってくれと頼んでおいたのだが、期待したよりうまい芝居である。

「なんでえ、なんでえ、あんなやつ！」

　寅蔵は大声で怒鳴った。顔が大きくねじ曲がったみたいになった。眉《まゆ》の上あたりが、なんだかはじけたみたいに見えた。

「悔しかったんだろ。やきもち焼いたんだな。それで、あそこまでのことをしちまったってわけだ」

　亀無はなだめるように言った。

　寅蔵はうつむきながらも、

「違う、違う。旦那、証拠もねえのに、そんなこと言っちゃ駄目だ」

　泣いていた。

「証拠かあ。じゃあ、出すか。おい、おふねさん」

「はぁーい」

　屏風の陰から、女が姿を見せた。

「おめえは……」

「見たことあるよな」

「あいつは、舟饅頭ですよ。てめえ、こんなところになにしに」

　寅蔵がそう言ったとき、おふねは、

「これ」

と、後ろに隠していたものをちらりと見せた。仕込み刀の先っぽである。

「あ」

寅蔵は口を開けた。

「拾っちゃったい」

「てめえ……なに拾ってんだよ。馬鹿野郎が。拾うんじゃねえよ！　ああ、まさか、あんな女に足をすくわれるなんて。女将さんも女将さんだ。なんであんないいかげんな竜次なんか……まったく、どいつこいつも！　あっしだって、まさか相棒を殺すことになるなんて、思いも寄らなかったんでさあ」

そう言って、寅蔵は泣きながら突っ伏した。

大番屋の裏は、日本橋川になっている。

亀無は外に出てくると、川のほとりにしゃがみこんだ。

ひどく疲れている。

今日はこのまま役宅に帰って、少し横になりたい。志保は今日も亀無宅に来てくれて、おみちと遊んでくれているのだろうか。

そばにあった小石を取って、川に投げた。

川に石。いくつ投げ入れたら、川は埋めたてられるのか。

徒労《とろう》という言葉が浮かんだ。

下手人をひとりあげても、喜びがこみあげたことなどあっただろうか。いつも、徒労のような気がする。殺すのも徒労。捕まえるのも徒労。

あとから出てきた三ノ助が、

「旦那。詰みましたね」

と、ホッとしたように言った。

「ああ。なんとかな。大駒なしでな」

「あっしも、偽物《にせもの》の仕込み刀を使うとは思いませんでした」

「あれが最後だもんな。あれを本物と思わせられるかが勝負だったからな。まったく、大駒なしで、最後は歩が成った〈ト金《ときん》〉で詰んだ気がするぜ」

亀無剣之介は、疲れた顔でそう言ったのだった。

コスミック・時代文庫

同心《どうしん》 亀無《かめなし》剣《けん》之《の》介《すけ》
殺される町

2022年4月25日　初版発行

【著 者】
風野《かぜの》真《ま》知《ち》雄《お》

【発行者】
杉原葉子

【発 行】
株式会社コスミック出版
〒154-0002 東京都世田谷区下馬 6-15-4
代表　TEL.03(5432)7081
営業　TEL.03(5432)7084
　　　FAX.03(5432)7088
編集　TEL.03(5432)7086
　　　FAX.03(5432)7090

【ホームページ】
http://www.cosmicpub.com/

【振替口座】
00110-8-611382

【印刷／製本】
中央精版印刷株式会社

乱丁・落丁本は、小社へ直接お送り下さい。郵送料小社負担にて
お取り替え致します。定価はカバーに表示してあります。

ISBN978-4-7747-6370-5 C0193